btb

Aus Freude am Lesen

Ein junger Schriftsteller versucht verzweifelt, seinen zweiten Roman zu schreiben. Sein Name: Kranich, Englisch, Deutsch. Dem Leser bekannt aus dem Bestseller »Lehrerzimmer«. Nachdem Kranich seine Schulerfahrungen veröffentlichen konnte, scheitert er: Schreib, Maschine!, eine bittere Abrechnung mit dem Literaturbetrieb, wird vom Verleger abgelehnt. Eine wunderbar groteske Farce über die dunkle Seite eines Autors: vom Literaturbetrieb korrumpiert, voller Größenwahn und versteckter Komplexe, Anerkennungssucht und dem verzweifelten Wunsch, etwas Grandioses zu schaffen – brillant, witzig, ein Feuerwerk der Selbstironie und eine gnadenlose Demaskierung dessen, was ein Betrieb aus Menschen machen kann.

Markus Orths, 1969 in Viersen geboren, lebt in Karlsruhe. Er studierte Philosophie, Romanistik und Englisch. Für seine Erzählungen und Romane wurde er mit zahlreichen Preisen und Stipendien ausgezeichnet, unter anderem mit dem open mike (2000), dem Förderpreis des Marburger Literaturpreises (2003), dem Heinrich-Heine-Stipendium (2006) und dem Walter-Scott-Preis (2006). Zuletzt erhielt er das Literaturstipendium des Landes Baden-Württemberg (2008) sowie in Klagenfurt den Telekom-Austria-Preis (2008).

Markus Orths bei btb

Fluchtversuche. Erzählungen (73799)
Das Zimmermädchen. Roman (74018)
Wer geht wo hinterm Sarg. Erzählungen (74055)

Markus Orths

Hirngespinste

Roman

btb

MIX
Papier aus verantwortungsvollen Quellen
FSC® C083411
FSC
www.fsc.org

Verlagsgruppe Random House FSC-DEU-0100
Das für dieses Buch verwendete
FSC®-zertifizierte Papier *Pamo House*
liefert Arctic Paper Munkedals AB, Schweden

1. Auflage
Genehmigte Taschenbuchausgabe August 2011,
btb Verlag in der Verlagsgruppe Random House GmbH, München

Umschlaggestaltung: semper smile, München
Umschlagfoto: plainpicture / Mira
Druck und Einband: CPI – Clausen & Bosse, Leck
UB · Herstellung: BB
Printed in Germany
ISBN 978-3-442-74191-5

www.btb-verlag.de

Gelobt, gelobt wollen wir werden.
Wahrscheinlich Hugo von Hofmannsthal

Prolog

Kranich, Englisch, Deutsch«, sagte ich und reichte dem Mann die Hand.

»Strubel«, hustete er und fügte hinzu: »Schulschlüsselsonderbeauftragter.«

Ich nickte.

Strubel legte sofort los, er sprach gehetzt, fast ohne zu atmen, und ich musste aufpassen, um alles mitzubekommen: Er habe gehört, ich sei geflohen, aus Göppingen, aus dem Schwäbischen, aus der Provinz, eine Posse, eine Provinzposse, ein Wahnsinn, nur eine einzige Woche dort geblieben, am Erwin-Rommel-Gymnasium, und dann die Fliege gemacht, aber ich solle mir keine Sorgen machen, sagte Strubel, nein, jetzt, hier, da werde alles anders, auf jeden Fall werde allcs anders, denn jetzt sei ich ja bei ihnen, in Sicherheit, in Hessen, am Hans-Dietrich-Genscher-Gymnasium, hier, in Frankfurt, in der Weltstadt, in der Bankenhochburg, da sehe die Sache anders aus, ich sei ja geradezu im Paradies gelandet, rief Strubel, denn alles, wirklich *alles* richte sich hier nach den geltenden Bestimmungen, hier herrsche Ordnung statt Chaos, hier herrsche Hierarchie statt Anarchie, hier herrsche einheitliche Reglementierung, hier wisse jeder genau, was er zu tun habe, hier gebe es keinen Platz für ... »aber, Mensch«, unterbrach sich Strubel plötzlich selbst, wobei er auf die Uhr sah, »was red ich da, fangen wir lieber an, wir haben keine Zeit zu verlieren. Man hat Ihnen gesagt, was auf dem Programm steht? Ich soll Sie einweisen.«

»Einweisen?«

»Ins brandneue Schulschlüsselsondersystem.«

Ich erfuhr, dass man in jeden Schulschlüssel einen elektronischen Chip installiert hatte. Nummeriert. Und jeder Schlüssel war exakt einem einzigen Lehrer zugeordnet: Schlüssel Nummer eins gehörte Albrecht, Schlüssel Nummer zwei Amedick, Schlüssel Nummer drei Brenner etc. An den Eingangspforten der Schule waren mannshohe Sensoren angebracht, mit einem Computersystem verbunden. Im Überwachungsraum konnte Strubel genau feststellen, welcher Lehrer (sprich Schulschlüssel) sich im Gebäude befand und welcher Lehrer (sprich Schulschlüssel) nicht mehr oder noch nicht. Sinn des Ganzen, so betonte Strubel auffällig oft, sei nicht etwa eine Kontrolle, die sich auf die Anwesenheit und damit auf die Arbeitszeit der Lehrer bezog, nein, Sinn des Ganzen sei vielmehr der *computergesteuerte, vollelektronische Selbstabschließungsmechanismus.* Sobald nämlich der letzte Lehrer (sprich Schulschlüssel) die Schule verlassen habe, Komma, verriegelten sich die Türen automatisch, Ausrufezeichen! (Kollege Strubel war Mathematik- und Deutschlehrer, der die Satzzeichen manchmal gern mitsprach.) Die Eingangstüren verschlössen sich, fuhr er fort, und die Lichter gingen aus. Die Vorteile seien immens. Nach der aus Kostengründen erfolgten Entlassung des Hausmeisters sei die Schule in den letzten Monaten öfter offen gestanden in der Nacht, Komma, weil der letzte die Schule verlassende Lehrer genau *das*, kursiv, nicht gewusst habe, Komma, nämlich dass er der Letzte sei, Ausrufezeichen! Aber dank des neuen Selbstabschließungsmechanismus', Apostroph, sei ein solches Versehen nun nicht mehr möglich, doppeltes Ausrufezeichen!!

Ich nickte und zwang mich dazu, nicht weiter darüber nachzudenken. Die Hessen empfingen mich nicht nur mit offenen Armen, sie hatten auch meine Flucht organisiert, hatten mich regelrecht abgeworben. Sie bräuchten jeden Mann, hieß es. Jeden Lehrer. Mehr noch. Jeden, der den Mut hätte, sich vor die Klasse zu stellen. Egal, wen. Hier, dachte ich, hier, in Hessen, am HDGG, hier wird doch alles anders sein als in Göppingen! Hier *muss* es doch anders sein!

Am Nachmittag blieb ich länger in der Schule als alle anderen. Nicht etwa nur, weil ich als Neuankömmling einen guten Eindruck hinterlassen wollte, sondern auch, um mich abzulenken und der Einsamkeit meiner entsetzlichen Bude zu entfliehen, die von der Schule für mich angemietet worden war, gegenüber dem Schulhof. Neben mir saß nur noch ein Referendar namens Stefan Kuller. Als lieferten wir uns einen stillen Wettkampf, schielten wir ab und zu aus den Augenwinkeln zueinander hin, um zu sehen, wer von uns Anstalten machte, das HDGG eher zu verlassen als der andere. Aber wir blieben beide standhaft sitzen.

Kullers Augen strahlten immer noch wegen des erfolgreichen Unterrichtsbesuchs, den er am Vormittag hinter sich gebracht hatte. Er hatte uns im Lehrerzimmer alles detailliert erzählt. Englisch, neunte Klasse, Thema: Australien. Während der gesamten Stunde steckte Kuller in einem Kängurukostüm. Zur Veranschaulichung zog er die verschiedensten Australiendinge aus seinem Beutel, hielt sie den Kindern hin und sagte das entsprechende englische Wort. Er meisterte auch die einzige kritische Situation der Stunde: Als er einen Bumerang aus dem geöffneten Fenster warf, der Bumerang auf seinem Rückweg jedoch nicht wieder durch dasselbe hereinflog, sondern durch das benachbarte, geschlossene Fenster, rief Kuller spontan ins Splittern des Glases hinein: »Oh! Look! The window is …?« – »… broken!«, rief die Klasse im Chor. »Exactly«, näselte Kuller unterm Kängurukopf. »And that's why you always need an … insurance.« Er schrieb das Wort *insurance* an die Tafel und leitete gekonnt über auf den für jeden Australienreisenden aufgrund der hohen Flugkosten zwingend notwendigen Abschluss einer Reiserücktrittsversicherung. Der Fachleiter war restlos begeistert. So etwas, sagte er, habe er noch nie erlebt. Das Missgeschick mit dem Bumerang schrieb der Fachleiter der allgemeinen Nervosität zu, kaum der Rede wert, sagte er, man habe durchaus gesehen, dass der Referendar sich wochenlang auf diesen großen Wurf vorbereitet habe, und Kuller fügte schüchtern hinzu, dass er einen zweiwöchigen Bumerangkurs belegt habe.

Irgendwann, so gegen sechs am Abend, verließen Kuller und ich gleichzeitig das Lehrerzimmer. Ich sagte, er brauche nicht auf mich zu warten, ich müsse noch mal aufs Klo. Während ich an der Pissrinne stand, ging das Licht aus. Ich pisste im Dunkeln zu Ende, tapste durchs Schulhaus Richtung Eingang und suchte nach meinem Schulschlüssel. Der war aber nicht da. Den musste wohl, darauf kam ich nach einigem Nachdenken, Kollege Kuller versehentlich eingesteckt haben, irgendwie, dachte ich, in diesem Tohuwabohu, das entstanden war, als er sein Kängurukostüm zusammengepackt hatte. Der abnehmbare Kopf des Kängurus hatte mich traurig angeschaut, und im Beutel fehlte ein Junges. Stattdessen gab es jede Menge Kreidespuren auf dem Kostüm. Da meine Existenz als Lehrer an die Existenz meines Schulschlüssels gekoppelt war, hätte ich jetzt eigentlich bereits draußen sein müssen, dort, wo sich mein Schulschlüssel samt Kuller befand. Dem war aber nicht so. Ich klopfte eine Weile müde an die Scheiben der Eingangstür, aber draußen trieb sich niemand herum, der hätte Hilfe holen können. Und drinnen waren sämtliche Räume verriegelt. Die Lichter gingen nicht an, welchen Schalter auch immer ich drückte. Es war, als sei ich gar nicht da. Ich konnte machen, was ich wollte, ohne Schlüssel war ich kein lebender Mensch im Innern der Schulmauern.

Die Nacht brach herein. Ich suchte einen Schlafplatz. Legte mich schließlich irgendwo hin. Auf dem harten Boden kam ich nicht zur Ruhe. Lag dort, mit offenen Augen. Wusste nicht, was ich tun sollte. Aber da, in der Düsternis der Gänge, überkam mich ein Impuls, der mich noch nie überkommen hatte, zum ersten Mal in meinem Leben impulsierte es in mir dergestalt, dass ich aus meiner Tasche einen Block zog, ebenso einen Stift, mich unter eins der grünen Notausgangsschilder hockte und in dem matten, augenverderbenden Licht zu schreiben begann. Über meine Zeit in Göppingen. Am ERG. Über diese eine Woche. Über all das, was ich dort erlebt hatte. Da musste was raus. Dringend.

Am frühen Morgen, noch ehe die Stunde der Putzfrauen schlug, sprangen die Lichter an, und auf mich zu stürmte mit hochrotem Kopf Stefan Kuller, der mir meinen Schlüssel überreichte und sich tausendmal für sein Versehen entschuldigte. Er sei mit dem Kopf, sagte er, mit dem Kopf, da sei er ja völlig woanders gewesen, gestern, völlig woanders, ich wisse ja, der Unterrichtsbesuch, das Lob, die Anerkennung, der Erfolg, das habe ihn völlig euphorisiert.

Ich stopfte meinen angefangenen Göppingentext in die Tasche und verließ das HDGG, und nicht nur das Schulhaus in Frankfurt verließ ich, nein, ich verließ *ein jedes* Schulhaus, ein jedes *mögliche* Schulhaus, ich verließ *die Schule*, die Schule im *Gesamten*, im Allgemeinen, *alle* Schulen verließ ich, *für immer* verließ ich sie, nicht die konkrete Schule verließ ich, ich verließ die *abstrakte* Schule, ich verließ das *System* Schule, ich war endlich bereit dazu, und zwar endgültig.

I

Auf dem Frankfurter Bahnhof stand ich und hatte nichts mehr. Ich fühlte mich frei und ungemein erleichtert und war froh über die Endgültigkeit meiner Entscheidung. Da war ein Rauschgefühl in mir. Ich kann überallhin, dachte ich. Ich kann alles tun. Ich werde neu anfangen. Endlich. Die Flucht von Göppingen nach Frankfurt war bloß eine halbe Flucht gewesen. Eine Flucht vom Regen in die Traufe. Eine Flucht innerhalb ein und desselben Systems. Als wäre ich von einer Gefängniszelle in die nächste geflohen. Aber jetzt! Was jetzt folgt, ist die wahre Flucht, die Befreiung, der Beginn des eigentlichen Lebens, ganz neu anfangen, mit nichts. Endlich das tun, was ich immer schon habe tun wollen! Alles ist möglich! Alles liegt in meiner Hand! Die Welt steht offen in ihrer Offenheit. Ich muss nur in mich hineinhorchen, um zu wissen, was genau ich denn jetzt will. So dachte ich, auf dem Bahnhof stehend, und horchte in mich hinein. Das war nicht so einfach bei dem Lärm dort. Je länger ich in mich hineinhorchte, umso weniger hörte ich etwas in mir oder aus mir. Je länger ich mich selbst aushorchend zugleich in die Offenheit der Welt starrte, umso mehr graute mir. Je offener die Welt vor mir stand, umso mehr wurde die offene Welt zur offenen Wunde.

Du kannst tun, was du immer schon hast tun wollen, dachte ich wieder. Ja, aber was ist das denn gewesen!?, fragte ich mich. Ich wusste es nicht. Nach Bali auswandern, wovon mein Ex-Kollege Achim Renner insgeheim träumte? Nein, das wäre nur eine neue Flucht. Irgendwas Sinnvolles, dachte ich, irgendeine Aufgabe, etwas Erfüllendes, etwas, was dein läppisches Leben über sich selbst erhebt und in einem Licht erstrahlen lässt, was dir das tägliche Schlurfen erträglich macht. Was das Aushalten des Atmens erträglich macht. Was den Beginn jedes neuen Tages erträglich macht. Ich dachte und dachte nach und horchte wie wild in mich hinein, aber alles blieb still. Als ich die innere Stille nicht länger aushalten konnte, ging ich zu einer Telefonzelle und wählte die Nummer eines Göppinger Ex-Kollegen, Religion, Philosophie, Pascal genannt, höchst bewandert in Innerlichkeitsdingen aller Art. Der, dachte ich, wird mir sicher helfen können.

»Wer ist da?«, fragte er.

»Ich bin's, Martin«, sagte ich.

»Hallo Martin! Wo bist du?«

»Ich steh in Frankfurt. Auf'm Bahnhof. Ich hab gerade eine … Wir haben letzte Woche mal drüber gesprochen. Über Krisen. Generell. Im Ratskeller. So ganz lose. Weißt du noch?«

»Ja, schon.«

»Hör zu: Ich will endlich rausfinden, wer ich bin und was ich tun soll. Es ist alles so leer irgendwie. Kannst du mir helfen?«

»Wie, helfen?«

»Zu mir selbst zu finden?«

»Ja, das ist leicht. Du musst nur horchen. Du musst in dich hineinhorchen.«

»Ich versteh dich schlecht.«

»Du musst in dich hineinhorchen.«

»Ach so. Ja. Mach ich schon die ganze Zeit.«

»Und?«

»Tut sich nichts.«

»Wie, nichts?«

»Nicht das Geringste.«

»Aha.«

»Was, aha?«

»Verstehe.«

»Ich versteh dich nicht.«

»Ich sagte: Das kenn ich.«

»Wirklich?«

»Ja. Dafür gibt's sogar einen Namen. Ist ein bekanntes Phänomen in der Philosophie. Also in der psychologischen Philosophie. Also in der psychologischen Existenzphilosophie im weitesten Sinne. Karl Jaspers, ja, Jaspers nennt es, also im Rahmen seiner Theorie der existentiellen Kommunikation, da nennt Jaspers dieses Phänomen das Phänomen des Sichausbleibens. Man horcht und horcht und horcht in sich hinein, hört aber nichts.«

»Genauso fühl ich mich.«

»Man will endlich wissen, was man eigentlich tun will im Leben, aber man kriegt es nicht raus.«

plötzlich in nackter Angst: Ich bekomme kein Gehalt mehr, dachte ich. Ich habe keine Arbeit mehr. Weder Aus- noch Einkommen. Ich habe nichts mehr. Ich hatte nicht mal mehr einen Pass. Meine Göppinger Identität hatte ich noch in Stuttgart verbrannt. Meinen neuen Frankfurter Pass achtlos zurückgelassen. Wovon, zum Teufel, soll ich denn jetzt leben?

Da kam mir ein Zufall zu Hilfe, über den ich mich heute noch wundere. Nicht durch Hineinhorchen in mich selbst wurde mir die Lösung meiner Fragen zuteil, sondern durch das Horchen in die Welt, um genau zu sein, durch einen Ruf von außen. Ein Aufruf, ein Ausruf, eine Durchsage. Ein Geschenk. Wohl nicht die Art von Geschenk, die Pascal, also eigentlich Jaspers, im Sinn gehabt hatte, dachte ich, aber doch ein Geschenk. Durch sämtliche Bahnhofslautsprecher kam die Durchsage. Noch nie habe ich einen Personenausruf durch sämtliche Bahnhofslautsprecher gehört, noch nie habe ich überhaupt einen Personenausruf auf einem Bahnhof gehört, höchstens im Zug selbst oder auf Flughäfen, nicht aber in Bahnhofsgebäuden. Und ich denke jetzt, wo ich alles aufschreibe, dass ich mir die ganze Sache vielleicht nur eingebildet habe. Aber das kann nicht sein, denke ich, zu deutlich klingt mir die Durchsage im Ohr: »Frau Erna Schreiber, bitte kommen Sie zur Information. Frau Erna Schreiber, bitte.« Keine Sekunde verging, bis ich ein Bild vor mir sah, das durch den Namen Erna Schreiber in mir heraufbeschworen worden war: Ich saß in einer Wohnung, die Sonne schien, und ich hackte meine Göppingen-Geschichte in den Computer. *Schreiber*, dachte ich, das ist es, was ich tun kann, Schreiber, Schriftsteller, dachte ich, jemand, der einfach mal aufschreibt, was Sache ist, schonungslos, Schreiben, dachte ich, auf dem Bahnhof stehend und aus dem In-mich-hinein-Horchen durch den Personenausruf nach Erna Schreiber aufgeschreckt, Schreiben, dachte ich, das ist doch genau das, wonach ich gesucht habe, Schreiben, dachte ich, das muss *erfüllend* sein, das muss *sinnstiftend* sein, die schreibende Existenz muss die *allerzufriedenste* sein, Schreiben, dachte ich, ist zugleich das Einfachste auf der Welt, Schreiben, *das kann doch jeder*, spätestens ab dem ersten Schuljahr können wir alle schreiben, Schreiben ist die gängigste aller Künste, Schreiben ist überhaupt keine Kunst, Schreiben ist gar kein Können, Schreiben ist das Selbstverständlichste, und hatte ich nicht eigentlich und im Grunde meines Herzens immer schon schreiben wollen? War nicht immer schon irgendwie versteckt dieser Drang in mir gewesen, etwas auszudrücken? War dieser tiefe Wunsch nicht bisher immer erstickt worden vom Tonnengewicht des Alltags? Lagen in meinem Kopf nicht schon Tausende von Sätzen vorformuliert parat? Über meine tiefe Verzweiflung, über die Absurditäten, die Paradoxien und Wahnwitzigkeiten, die Lächerlichkeiten und bodenlosen Zappelphilippexistenzen der Menschen? Über die Ängste, denen wir ausgeliefert sind, die Existenzängste, die Versagensängste, die Verlustängste? Über all die monströsen Abhängigkeiten, in die wir uns begeben? Von Eltern, Lehrern, Chef, Gesellschaft? Kurz: Ich spürte schon auf dem Bahnhof die anrollende Flut der Kreativität, die Finger kribbelten, und ich musste mich keine Sekunde lang fragen, wo und von welchem Geld ich leben und schreiben würde, ich wusste es bereits zur selben Sekunde, in der ich gewusst hatte, *was* ich tun würde. *Erna* Schreiber hatte die Frau geheißen, die ausgerufen worden war, Erna, und die wunderbare Wohnung, die vor meinem geistigen Auge erschien und in der ich mich selbst schreibend sitzen sah, gehörte niemand anderem als meiner Erbtante *Erna* Kranich, die in Heidelberg lebte, in einem Häuschen, dessen Dachgeschosswohnung unvermietet darauf wartete, dass *ich* sie bezog. Gewiss, ich habe nie ein inniges Verhältnis zu meiner Erbtante Erna gehabt, aber sie hat immer gewollt, dass ich bei ihr wohne. Martin, hat sie oft gesagt, du kannst jederzeit bei mir einziehen, das Haus gehört ohnehin irgendwann mal dir und deiner Schwester, ich würde mich freuen, wenn einer von euch unter meinem Dach lebt, hat Erna immer gesagt, du musst nichts dafür tun, Martin, du musst keine Miete zahlen, du bist ganz frei da unterm Dach, nur ab und zu, hat sie gesagt, könntest du mich mal besuchen kommen, wenn du schon über mir wohnst, weißt du, hat sie immer gesagt, ich hab ja niemanden mehr. Ich dachte, das ist es, das ist die Lösung all meiner Probleme. Ich würde bei meiner Erbtante Erna leben, mietfrei, würde in Ruhe mein Göppingen-Buch schreiben und veröffentlichen können und mich dann mit dem Geld in die Karibik absetzen, würde dort, wahrscheinlich in Xcalac, weitere Bücher schreiben und einen Platz im Olymp der Literatur erringen oder einfach nur in der Sonne liegen, je nachdem, wie es mir gefiel.

Ich stieg gleich in den nächsten Zug nach Heidelberg, eine Regionalbahn, da ich dachte, es sei besser, erst mal mit dem Sparen zu beginnen, bevor das Geld einträfe. In der Regionalbahn beschlich mich dann eine gewisse Beklemmung, als mir immer wieder Tante Ernas Satz in den Sinn kam: »Nur ab und zu könntest du mich mal besuchen kommen, wenn du schon über mir wohnst.« Durch das Rattern der Räder angeschoben, wurde die Frage immer lauter, wie Tante Erna dieses *ab und zu* definieren würde und wie demgegenüber ich selbst dieses *ab und zu* definieren würde, und meine Angst wuchs, die Diskrepanz zwischen diesen beiden Definitionen wäre so groß, dass es zu erheblichen Differenzen kommen könnte. Meine Gedanken gingen noch eine Weile in diese Richtung, sodass ich – in Heidelberg angekommen – zunächst einmal das Vorhaben, meine Erbtante Erna aufzusuchen, zurückstellte und stattdessen von der Jugendherberge aus auf Zimmersuche ging, bald schon ein Zimmerchen anmietete, mir einen neuen Pass ausstellen ließ und mein Geld durch Thekenschichten im *Trinidad* verdiente. Geschrieben wurde tagsüber. Wenn ich nicht schlief. Da ich aber lange schlief, zog sich das Verfassen der Realsatire *Schulgeschichten* einige Wochen hin, um genau zu sein, zweiundfünfzig Wochen, im Grunde genommen zwölf Monate, um nicht zu sagen ein Jahr. Hundert Seiten waren das am Schluss. Also pro Tag 0,274 Seiten. Immerhin. Dann ging es ums Ganze, ich setzte alles auf eine Karte, ich kopierte stundenlang das Manuskript, und völlig zugedröhnt vom Tonergeruch verschickte ich die *Schulgeschichten* an einhundertvierundfünfzig deutschsprachige Verlage und sechsundneunzig Agenturen, schleppte die Briefe in mehreren Gängen zur Post, quetschte sie in den gelben Kasten, bis dieser schier überquoll, und dann hieß es: warten. Veröffentlichen, sagte mal ein berühmter Kollege, ist eine Frage des Portos.

2

Ein Jahr später war ich schon, wie sagt man? Glücklich? Die *Schulgeschichten* waren erschienen, sie lagen in den Heidelberger Buchhandlungen, das heißt, sie standen in den Regalen, besser gesagt, *es* stand, je ein Exemplar, und ich hatte in einem Akt der Euphorie sowohl mein Zimmerchen als auch meinen Job im *Trinidad* gekündigt und war nun nicht etwa zu Tante Erna gezogen, die ich gleichwohl hin und wieder kürzest besuchte, sondern in eine Zwei-Zimmer-Wohnung in der Humboldtstraße. Kurz: Es ging mir gut. Na ja. Wenn auch die anfängliche Euphorie ein wenig verblasste. Nehmen wir zum Beispiel meine täglichen Anrufe im Verlag, also bei meinem Verleger, den ich wie alle noch lebenden Autoren des Verlags kurz V nannte. Bislang hatte ich seit Erscheinen des Buchs jeden Abend bei V durchgewählt und ihn gefragt, was es Neues gebe. Inzwischen hatte sich meine Fragestellung geringfügig geändert, und ich fragte nicht mehr, *was* es Neues gebe, ich fragte, *ob* es Neues gebe. Gab es aber nicht. Und letztlich sagte V irgendwann mit leicht kehliger Stimme, als wolle er etwas unterdrücken: »Wenn's was Neues gibt, werd ich mich schon melden.« Das traf mich dann doch ein wenig, ich zog mich in eine Nicht-Anruf-Phase zurück und wartete auf den Verlegeranruf. Der kam eine Woche später. V fragte nun *mich*, was es Neues gebe. Damit schien er die nächste Ära in unserer Beziehung einläuten und eine gewisse Erwartungshaltung zum Ausdruck bringen zu wollen, dass es nach dem ersten Buch vielleicht auch ein zweites geben könnte. Ich antwortete, ich sei gerade nicht in der Lage zu schreiben, er wisse ja Bescheid, die Lesereisen.

»Ach Gott«, sagte er und seufzte.

Ich bereitete mich minutiös auf die Lesungen vor. Ich übte stundenlang und filmte mich selbst, so, wie ich es im Referendariat gelernt hatte, sah mir das Video an und verbesserte meine Mimik und Gestik, trug Atemhol-, Laut/Leise- und Schnell/Langsam-Zeichen in mein Buch ein, malte kleine Augen und Wassergläser an den Rand, um beim Lesen nicht zu vergessen, ab und zu ins Publikum zu blicken oder einen Schluck Wasser zu trinken, ja, ich übte selbst das Wassertrinken vorm Spiegel, weil es, wie ich ahnte, nichts Peinlicheres geben würde, als beim einsamen Wassertrinken von den Zuhörern beobachtet zu werden und sich dabei zu verschlucken. Ich bereitete mich auf alle möglichen und unmöglichen Fragen der Zuhörer vor, schrieb detaillierte Antworten und lernte sie auswendig, inklusive einiger Ähs, um den Eindruck zu erwecken, meine Antworten entsprängen *ad hoc* dem Quell des Denkens.

Und dann ging es los. Dieses krampfhafte Die-Leute-Zählen! Dieser quälendste aller Autorenzustände! Vor der Lesung steht man herum, mit dem Buchhändler, draußen, beim Buchladen, schon ein Glas Wein in der Hand, und man wartet darauf, dass der Buchladen sich füllt, was aber nicht geschieht, oder wenn, dann nur tröpfelnd, man steht dort, innig verbunden mit dem Buchhändler, dem es genauso ergeht, man bedauert den Buchhändler, weil ihm so viele Bekannte kurzfristig abgesagt haben, wegen Länderspiel, Erkrankung, Korrekturen, und der Buchhändler zeigt zum Himmel und weist händeringend auf den Wetterumschwung, auf den Spätsommerabend oder den Wintereinbruch, man steht dort, am Eingang der Buchhandlung, meist in der Fußgängerzone, es ist halb acht, der Laden leer, es wird zwanzig vor acht, der Laden immer noch leer, nur die Mitarbeiter des Buchhändlers und der Buchhändler, es wird Viertel vor acht, und endlich, da kommt eine Frau, sie geht schnurstracks auf die Buchhandlung zu, ein Gast, denkt man, ein erster zahlender Gast, sie kommt rein, aber sie zahlt nicht, es ist die Frau des Buchhändlers oder seine Schwester oder seine Cousine, und während man da steht und dem Buchhändler zuhört, hört man eigentlich überhaupt nicht dem Buchhändler zu, die Ohren sind samt und sonders nach hinten gerichtet, um zu lauschen, ob sich nicht doch noch Schritte von Lesungsbesuchern nähern, und während man da steht und den Buchhändler anschaut, schaut man eigentlich überhaupt nicht den Buchhändler an, sondern schaut durch den Buchhändler hindurch oder am Buchhändler vorbei, hin zu möglichen Zuhörern, die kommen könnten, aus den Augenwinkeln heraus beäugt man die Umgebung, am liebsten würde man die vorbeigehenden Leute mit vorgehaltener Pistole in den Laden zwingen, nur damit überhaupt jemand drinnen säße, aber jetzt, dahinten, da kommen sie endlich, zwanzig Mann, aber fast nur Frauen, strammen Schritts kommen sie, direkt auf die Buchhandlung zu, das wird der Literaturkreis sein, denn in jeder Stadt, in jedem Dorf gibt es einen Literaturkreis, doch die zwanzig Leute gehen an der Buchhandlung vorbei, und man hört eine Stimme aus dem Pulk, »Das ist vielleicht das letzte Mal, dass wir den Ranicki live erleben können«, und der Buchhändler sagt, ja, das hätte er leider nicht gewusst, aber heute lese parallel im großen Theater Marcel Reich-Ranicki aus *Mein Leben*.

Um genau zu sein, waren es zwei Lesereisen. Eine kürzere (drei Wochen am Stück) und eine längere (sechs Wochen am Stück). Knapp sechzig Lesungen! Das hatte mir mein Agent vertraglich zusichern lassen. Auf meiner ersten Lesereise graste ich den nord-, ost-, mittel- und westdeutschen Raum ab, auf meiner zweiten den bayerischen, samt Österreich. In Baden-Württemberg selbst gab es keine Lesung, weil, wie es hieß, ich das baden-württembergische Schulsystem mit meinem in Göppingen spielenden Buch auf irreparable Art und Weise denunziert hätte.

Wie sich herausstellte, hatte die Sache mit den Lesereisen einen Haken, und zwar einen schwerwiegenden:

Denn nach jeder Lesung trat der Buchhändler nach vorn, bedankte sich und überreichte mir – hier der Haken – eine Flasche Wein. Am ersten Tag nahm ich die Flasche Wein strahlend entgegen, am zweiten Tag ebenso, und auch noch am dritten Tag. Mein Lächeln zeigte aber bereits Spuren von Verkrampfung, als ich am vierten Abend die vierte Flasche Wein überreicht bekam. Im Hotelzimmer stellte ich die vier Weinflaschen nebeneinander und rechnete hoch: drei Wochen, sonntags frei, also achtzehn Lesungen, macht achtzehn Flaschen Wein. Ich besah mir meinen viel zu kleinen Koffer und schluckte. Nach der sechsten Lesung begann ich, Kleidungsstücke auszusortieren, um Platz zu schaffen, ich warf die eine oder andere Unterhose einfach fort, die waren ohnehin alt, auch ließ ich meinen verschwitzten Schlafanzug verschwinden und beschloss, nackt zu schlafen, es war noch angenehm warm für September. Nach der zehnten Lesung kaufte ich mir in Dortmund einen Trekking-Rucksack von Jack Wolfskin, in dem ich eine faltbare Flaschenlagerungsbox verstaute, die Platz bot für zwölf Weinflaschen, und als das nicht mehr reichte, besorgte ich mir eine zweite Flaschenlagerungsbox mit Rollen und Griff, die ich hinter mir herzog. Von Hotel zu Hotel schleppte ich die Weinflaschen, die immer schwerer wurden, mit Kreuzweh saß ich abends bei den Lesungen, weil ich mich beim Hineinhieven der Flaschen in den Zug verhoben hatte. Aber es gelang mir schließlich, sämtliche achtzehn Weinflaschen unversehrt nach Heidelberg zu bringen.

In den bitteren Nächten vor Beginn meiner zweiten, viel längeren, der sechswöchigen Lesereise durch Bayern und Österreich konnte ich nicht schlafen. Ich wälzte mich im Bett hin und her und überlegte fieberhaft, wie ich des Problems des Weinflaschentransports Herr werden könnte. Meine ganze Kraft wurde von dieser einen und entscheidenden Frage absorbiert, wie ich es würde anstellen können, aller Voraussicht nach sechsunddreißig Weinflaschen von Österreich über die Alpen nach Heidelberg zu transportieren. Hannibal, dachte ich, hat es mit Elefanten geschafft. Ich lag schweißgebadet da. Mir fiel nichts ein.

Schließlich, bei meiner ersten Lesung, in Salzburg, saß ich bleich auf dem Stuhl und schielte immer wieder zum Buchhändler, um zu erspähen, ob nicht irgendwo eine verpackte Weinflasche darauf wartete, mir übergeben zu werden. Nach der Lesung näherte sich der Buchhändler meinem Tisch. Ich schwitzte. Er reichte mir die Hand, nein, keine Weinflasche! Ich wäre ihm am liebsten um den Hals gefallen. Diese Österreicher!, dachte ich, *die blicken's total!* Die haben's drauf! Ich war aufgeräumt wie lange nicht mehr und blieb mit dem Buchhändlerehepaar noch bis Mitternacht im Weinstüble sitzen. Ich war kurz davor, ihnen zu eröffnen, dass ich sie ins Herz geschlossen hätte wie keine anderen Buchhändler bislang, dass nicht nur die Organisation perfekt gewesen sei, die Ankündigung, die Moderation, das Ambiente, einfach alles, vor allem die Tatsache, dass man auf dieses verdammte Ritual mit der Weinflasche verzichtet habe, als sich plötzlich die Frau des Buchhändlers an die Stirn schlug und sagte: »Ah geh, jetzt homma die Weinflosch'n vagess'n.« Ich erstarrte. Saß zwanzig Minuten später mit einer unausgepackten Flasche im Hotelzimmer. Diese Knisterfolie, in die man die Weinflaschen einwickelt! Diese durchsichtige Blumenverpackungsknisterfolie! Dieses Geräusch, das mir eine Gänsehaut bereitet, wenn ich nur daran denke! Ich riss die Folie ab. Ich zerknüllte sie. Aber sie ließ sich nicht zerknüllen, sondern kleisterte sich mit demselben ekelhaften Knistern wieder auf. Also gut, dachte ich, es bleibt mir keine Wahl. Der Wein muss weg. Ich muss ihn saufen. Ich entkorkte ihn und kippte ihn innerhalb von zwei Stunden.

Am Morgen hatte ich einen Schädel. Doch die Zugfahrt verlief angenehm lullig, und bei der nächsten Lesung, in der Steiermark, war ich wieder einigermaßen nüchtern. Ganz im Gegensatz zum Publikum in der Steiermark und zu den steiermärkischen Buchhändlern. Die waren schon vor der Lesung, na ja, nicht völlig besoffen, aber immerhin angeheitert, und ließen sich dann nach der Lesung so richtig gehen. In der Steiermark, hieß es, könne es überhaupt keine andere Existenz geben als die besoffene, die steiermärkische Existenz sei gerade dadurch definiert, dass sie eine besoffene sei, nur durch ihre Besoffenheit sei eine Existenz in der Steiermark überhaupt aushaltbar, und ich dachte, das gilt nicht nur für die Steiermark, das gilt auch für das Burgenland, für Tirol, das gilt erst recht für das Ruhrgebiet, für die Wetterau, für das Alemannische, das gilt im Grunde für alle Regionen nicht nur Österreichs, auch Deutschlands und der Schweiz, und ich war froh, dass man in der Steiermark so selbstbewusst war, die Sache wenigstens beim Namen zu nennen. Ich machte mir also die steiermärkische Grundhaltung zu eigen und sagte mir, auch die Lesereise-Existenz ist per se eine besoffene, kann nur eine besoffene sein, nur durch die Besoffenheit ist eine Lesereise-Zug-und-Hotel-Existenz überhaupt aushaltbar. Fortan trank ich nicht nur mit den Buchhändlern nach der Lesung das eine oder andere Viertele, sondern leerte auch anschließend, im Hotel, allein, für mich, die mir geschenkte Flasche Wein, über die ich mich jetzt doch endlich freuen konnte.

So brachte ich die zweite Lesereise versöhnt, eingeweiht und im Zustand der vollkommenen Lesereisenweisheit hinter mich, kam ohne jede Weinflasche, aber mit einer Gewichtszunahme von rund vier Kilo über die Alpen nach Heidelberg und freute mich auf die zu Hause wartenden unangebrochenen Weinflaschen der ersten Lesereise. Als diese achtzehn Flaschen nach fünf Tagen leer waren, meldete ich mich beim Verlag für die nächsten sechs Monate ab und in Bad Griesbach an, zu einer Entziehungskur.

3

Während der Zeit in Bad Griesbach schrieb ich das Buch *Schreib, Maschine!*. Alternativtitel waren *Im Betrieb, In Betrieb, Außer Betrieb* oder *Betriebsgeschichten*. Eine Satire also über meine Erlebnisse im Literaturbetrieb. Eine schonungslose Abrechnung. Gnadenlos. Angst, Jammer, Schein und Lüge, so hatte ich herausgefunden, sind nicht nur die vier Säulen des Schulsystems, sondern auch die vier Säulen des Literaturbetriebssystems, mehr noch, Angst, Jammer, Schein und Lüge sind die vier Säulen *aller* gesellschaftlichen Systeme, also letztlich die vier Säulen unserer Gesellschaft *überhaupt*. Nach den *Schulgeschichten*-Lesungen waren manchmal Leute zu mir gekommen und hatten gesagt: In unserem Beruf ist das genauso! Schreiben Sie doch mal eine Satire über uns Architekten (*Zeichengeschichten*) oder Kardiologen (*Herzschmerzgeschichten*) oder Anwälte (*Klagegeschichten*) oder Investmentbanker (*Zockergeschichten*) oder Auktionäre (*Hammergeschichten*) oder Geologen (*Buddelgeschichten*) oder Zimmermänner (*Dachschadengeschichten*). Ich hatte höflich abgewunken und mich schließlich für die Szene entschieden, über die ich auch was zu sagen hatte, mittlerweile jedenfalls, nämlich die Literaturszene.

Und so schrieb ich. In Bad Griesbach. Ich schrieb über alle Verletzungen, die ich im Betrieb erlitten hatte, über die Demütigungen, die ich hatte schlucken müssen, ich schrieb haarklein über alles, was mir widerfahren war, ich schrieb über die Insolvenzangst der Verlage, ich schrieb über das Jammern der Autoren, die entweder gar nicht oder falsch oder negativ oder nicht hymnisch genug besprochen wurden, ich schrieb über die Auflagenzahlenlügen, über das nicht enden wollende Blenden und den Schein und die falschen Etiketten, mit denen die Verlage ihre Bücher bekleben, ich schrieb, wie ein Verlag noch den übelsten Totalverriss in eine Hymne wandelt, indem er aus dem Schluss der Rezension (»Dieser Schund soll ein meisterhafter Roman sein! Dass ich nicht lache!«) die Worte »Ein meisterhafter Roman!« samt Ausrufezeichen auskoppelt, um damit für das Buch zu werben, ich schrieb über die Verlagsvertreter und über die Vertreterkonferenzen, die sich durch nichts von den Lehrerkonferenzen unterscheiden, weil die Vertreter die ganze Zeit über damit beschäftigt sind, so zu tun, als hätten sie die Bücher gelesen, die sie hätten lesen müssen, ich beschönigte nichts, ich blieb bei den nackten Tatsachen, ich schrieb sogar über jene schreckliche, traumatische Nacht, die ich mit der 60-jährigen, 200 Pfund gewichtigen Kritikerin Prof. Dr. Dr. h. c. Adelheid Montalban verbringen musste, weil ich nach den vielen Verrissen endlich mal eine Hymne über die *Schulgeschichten* in der FAZ lesen wollte, ich schrieb ungefiltert, ohne Scheu und Scheuklappen, roh, ungezimmert, lediglich beim Kapitel übers Lektorat hielt ich mich in vorauseilendem Gehorsam zurück und schuf ganz nebenbei das kürzeste Kapitel der Weltliteratur, denn das Kapitel IV des Manuskripts *Schreib, Maschine!* bestand aus dem einzigen Satz: »Das Kapitel übers Lektorat ist leider dem Lektorat zum Opfer gefallen.«

Meine Alkoholräusche wichen Schreibräuschen, ich schrieb mir die Seele aus dem Leib, ich schrieb unter Tränen, ich schrieb mir die Finger wund, ich drehte mich selbst wie eine Socke auf links, während ich schrieb, ich kannte mich nicht wieder, ich schlief kaum, und wenn, dann nur knapp unter der Oberfläche, ich schrieb, als säße mir der Teufel im Nacken, ich tobte mich richtig aus, und die sechs Monate in Bad Griesbach wurden zur wunderbarsten Zeit meines Lebens, das Schreiben füllte mich aus und auf, ich wusste, ich hatte endlich genau das gefunden, wonach ich gesucht hatte, ich wusste, das Schreiben war das Sinnvollste, was mir in meinem Leben bislang begegnet war, und wenn schon der Schmerz über die üblen Zustände in der Schule groß gewesen war, so war der Schmerz über die üblen Zustände im Literaturbetrieb *existenziell*, und wenn schon die Freude meines Agenten bei den *Schulgeschichten* groß gewesen war, wie groß musste jetzt seine Begeisterung sein, dachte ich, bei einem Text über etwas, das mir ungleich wichtiger war als die Schule, bei einem Text, der wie aus einem Guss entstanden war, in einem Rutsch, ohne Zucken, Zögern, Innehalten! Voller Vorfreude warf ich schließlich meine Satire *Schreib, Maschine!* in den Briefkasten, ein einziges Exemplar, an meinen in Berlin lebenden Agenten Kuno Macke adressiert, den ich, obwohl er mein Agent war, noch nie gesehen hatte, da ihm für persönliche Begegnungen, wie er sagte, die Zeit fehlte, weshalb wir nur einen Telefon- und E-Mail-Kontakt pflegten. So kannte ich immerhin seine Stimme.

Am nächsten Tag klingelte mein Telefon: Macke. Ob ich wahnsinnig sei!?, brüllte er. Man muss wissen, dass Macke immer brüllt. Entweder brüllt er vor Aufregung oder weil er sich freut oder weil er sich ärgert oder weil er sich krampfhaft wach halten will, da er unter chronischer Übermüdung leidet, wie er immer betont. Diesmal brüllte er, weil er fuchsteufelswild war. Ob ich völlig durchgeknallt sei!?, brüllte er. Er reiße sich den Arsch für mich auf, Tag und Nacht arbeite er für mich, Tag und Nacht knete er die Kritiker und Literaturhausleiter, Buchhändler und Jurymitglieder für mich zurecht wie Salzteigmännchen, Tag und Nacht, schrie er. Und *ich*? Was für eine Frechheit ich mir erlauben würde? Ihm einen solchen Müll zu schicken! Das habe er noch nie erlebt. Kein einziges Wort, schrie Macke, kein weiteres Wort wolle er verschwenden an dieses Machwerk, das sich Manuskript nenne, er könne nur hoffen, dass es sich um einen schlechten Scherz meinerseits gehandelt habe. Er legte auf. Ich hielt immer noch den Hörer in der Hand. Und dann wurde *ich* wütend. Auch das ist möglich. Meine Wütendheit, ich will nicht von Wut sprechen, meine Wütendheit äußert sich nur selten durch verbale oder physische Ausbrüche, nein, meine Wütendheit ist eher innerer Natur. Ich druckte eiskalt das Manuskript noch einmal aus und schickte es an meinen Verleger V. Sogleich sandte ich eine E-Mail hinterher, in der ich schrieb, dass ich meinen Agenten feuern würde und sich das Manuskript, das *neue* Manuskript, bereits postalisch auf dem Weg zu ihm, V, befinde. Innerhalb von zwei Minuten hatte ich Vs Antwort: »Ich«, schrieb V, »freue mich für dich, der Macke hat eh eine selbige, und das neue Manuskript werde ich *umgehend* lesen. Herzlich: V.« *Umgehend* kursiv. Ich lehnte mich zurück und harrte gelassen der Dinge, die da kommen würden.

Am nächsten Tag: keine Antwort. Gut, man weiß ja, die Post und das Tempo. Am übernächsten Tag: keine Antwort. Ja, klar, wenn V das Manuskript erst heute bekommen hat, dachte ich. Vielleicht kann er es dann am Abend lesen. Es war Freitag. V braucht circa drei Stunden zum Lesen, rechnete ich, dann könnte er um zehn oder elf Uhr, spätestens aber gegen Mitternacht hier anrufen, dachte ich, dort, vorm Telefon sitzend, ab und zu die Hände an den Hosenbeinen trocknend. Doch am

Freitagabend: kein Anruf mehr. Den ganzen Samstag: nichts. Jetzt wurde es langsam ein wenig ärgerlich. Ich wusste genau, dass V am Samstag arbeitete. Jeden Samstag ging er ins Büro, weil er samstags dort allein saß und so die meiste Ruhe hatte. Aber kein Lebenszeichen. Kein Ton. Ihn meinerseits anzurufen: Dazu war ich zu stolz. Am Sonntag: nichts. Gut, dachte ich, vielleicht denkt er ja, ich möchte am Sonntag nicht gestört werden. Also wird er doch Montag früh anrufen, sobald er im Büro ist, sagen wir, gegen zehn. Ich nahm mir in meiner Verärgerung vor, V auf den Anrufbeantworter sprechen zu lassen. Ich wusste, dass er das hasste. Soll er ruhig ein wenig büßen, dachte ich, ich würde ihn erst am Dienstag zurückrufen. Oder Mittwoch. Soll er ruhig zwei Tage lang Blut und Wasser schwitzen und sich in bösen Ahnungen ergehen, dass ich mich mit der Absicht tragen könnte, den Verlag zu wechseln und einen anderen Verleger reich zu machen. Nun war das aber so, am Montag: kein Anruf. Er schwieg weiter. V schwieg. *V wie Vendetta*, dachte ich. V wie vielleicht: Vielleicht ist er ja krank. Dann hätte er aber doch zumindest eine E-Mail schicken können: »Krank. Alles Weitere nach Genesung.« Nein, krank war keine Option. Vielleicht, dachte ich jetzt, hatte V einfach *anderes* zu tun? Aber was? Was hat ein Verleger schon Wichtigeres zu tun, als die Manuskripte seiner Autoren zu lesen? Was hat ein Verleger *überhaupt* zu tun, außer Manuskripte zu lesen!? Der saß doch den ganzen Tag nur rum und wartete auf Manuskripte! Und wenn die kamen, konnte er sofort anfangen mit dem Lesen! *Umgehend!* Er hatte es selbst geschrieben! Kursiv! Langsam wurde mir mulmig. Und wenn er das Manuskript schon gelesen hat und schlecht findet? Und nicht so recht weiß, wie er mich am besten belügen soll? Ach was, schlecht finden ist keine Option.

Ich musste mich irgendwie ablenken. Ich knabberte an meinen Fingernägeln. Ich knabberte so lange, bis ich erschrak, als ich mir die zerbissenen Ruinen ansah und plötzlich *out of the blue* ein Wort dachte, das ich noch nie in meinem Leben gedacht hatte, und zwar das Wort Fingernagelimplantation. Ich tippte das Wort bei Google ein und fand 654 Einträge. In Verlaat (Holland) gab es sogar eine Fingernagelimplantationsklinik. Ich blickte auf meine Hände. Wenn ich so lange an den Fingernägeln knabbern würde, dachte ich, bis keine mehr da wären, wenn ich also nicht nur die Fingernagel*ränder* abknabbern, sondern es irgendwie schaffen würde, alle Fingernägel mit Zähnen oder Zange herauszuziehen und aufzufressen, bis sie restlos verschwunden wären und nur noch rohes Fleisch statt der Fingernägel in den Nagelbetten pappte, dann könnte ich mit absoluter Sicherheit einen dreiwöchigen Kuraufenthalt in der holländischen Fingernagelimplantationsklinik erwirken, dessen Kosten selbstredend von V bezahlt werden müssten. Überhaupt! Was dachte der sich dabei! Wie konnte der mich hier sitzen lassen! Ich hatte ihm mein Innerstes geschickt, mein Äußerstes, alles, was ich war und was mich ausmachte, meine ganze Hoffnung, Zukunft, Existenz, und V besaß die Frechheit, nicht nur nicht umgehend hier anzurufen, sondern auch noch *zu sagen*, er rufe umgehend hier an, ohne es anschließend zu tun!

Vielleicht liegt ja alles an dem Wort *umgehend*, dachte ich plötzlich. Vielleicht gibt es eine mangelhafte verbaltechnische Korrelation, eine fehlende Semantik-Deckungsgleichheit, kurz: ein Missverständnis. Vielleicht meinte V mit *umgehend* ja etwas völlig anderes als ich. Was heißt das eigentlich: *umgehend*? Was genau hatte V gemeint, als er schrieb: Ich rufe *umgehend* zurück? Vielleicht heißt umgehend gar nicht *sofort*, wie ich immer gedacht habe. Vielleicht ist umgehend überhaupt kein Adverb. Vielleicht ist umgehend ein Partizip! Das Partizip Präsens des Verbs um*gehen*. Es ist alles eine Frage der falschen Betonung. Es heißt nicht *um*gehend, sondern um*gehend*. Und V will mit um*gehend* sagen, dass er den Anruf so lange wie möglich um*gehen* wird, ja, dass er ihn hinauszögern wird, bis es nicht mehr länger geht! Um*gehend* bedeutet also, dachte ich, das Gegenteil von *sofort*, es bedeutet *so spät wie irgend möglich*.

Ich wartete weiter. In dieser Zeit des Wartens war ich kaum ich selbst. Immerhin hatte ich ein neues Hobby gefunden, indem ich die abenteuerlichsten Begriffe bei Google eingab und nachsah, ob es dazu Treffer gab. Nach insgesamt drei Wochen, zwei Tagen, vier Stunden, vierunddreißig Minuten und dreizehn Sekunden klingelte das Telefon. Vierzehn Sekunden. Ich sah auf dem Display Vs Nummer. Mit Tränen in den Augen riss ich den Hörer ans Ohr.

»V!«, rief ich.

»Wahasededagema?«

»Was?«

Ich muss an dieser Stelle einfügen, dass V, sosehr ich ihn auch schätze, einen, um genau zu sein, zwei kleine Fehler hat, die für sich genommen nicht sonderlich erwähnenswert wären, in ihrer Kombination aber den Kommunikationsprozess an gewisse Schwierigkeiten koppeln. Erster Fehler: V nuschelte manchmal. So weit, so gut. Zweiter Fehler: V konnte es auf den Tod nicht ausstehen, wenn man ihn mit Fragen wie »Was?« oder »Bitte?« dazu zwang, das Genuschelte zu wiederholen. So blieb mir – diese Erfahrung hatte ich inzwischen gemacht – höchstens einmal pro Gespräch die Gelegenheit, mich mit einem »Was?« oder »Bitte?« an ihn zu wenden, öfter war ich nicht imstande, sein verärgertes Schnaufen auszuhalten, das der Wiederholung des genuschelten Satzes vorausging. Auch jetzt schnaufte V, ehe er, betont deutlich, seinen Anfangssatz wiederholte.

»Was haste denn da gemacht?«, fragte er.

Ich ärgerte mich, in der Hast des Gesprächsbeginns meinen Kommunikationsjoker an eine solch belanglose Frage vergeudet zu haben.

»Was meinst du?«, fragte ich.

»Das ist ja wohl nicht dein Ernst, mein Lieber! Willste den Ast absägen, auf dem wir alle sitzen?«

»Aber ...«

»Du kannst nicht dermaßen auf die Kacke hauen und danach sagen, hoho, Leute, habt mich bitte alle wieder lieb. Das geht so nicht, mein Lieber. Und dann die Charaktere! Wie du die einführst. Musste in Zukunft dran arbeiten. Das ist die reinste Onkeldramaturgie!«

Ich schwieg, weil ich meine Was-Frage schon verbraten hatte. Und V schwieg, weil er nicht wusste, ob ich wusste, was er mit Onkeldramaturgie meinte.

»Onkeldramaturgie?«, fragte ich schließlich und umging damit die Was-Frage.

»Kennst du doch, Martin. Kommt vom Theater. Dialoge, die nur für die Zuschauer bestimmt sind. Der eine Schauspieler sagt zum anderen: *Ach, gleich kommt der Alfred, der, wie du weißt, dein Onkel ist.* Deshalb heißt das Onkeldramaturgie.«

Ich schluckte. »Ja, kann man denn da gar nichts retten?«, fragte ich.

»Hm. Vielleicht die Kiste mit dem Wein.«

»Welche Kiste?«

»Ich mein, die Sache mit dem Wein. Die Lesereise.«

»Sonst nichts?«

»Nö.«

»Und jetzt?«

»Kopf hoch. Das zweite Buch ist eh immer Kacke.

Das dritte wird's dann wieder. Dir fehlt's Thema, Junge. Der Literaturbetrieb isses nicht.«

»Mhm.«

»Damuviemekom.«

»Ja, da hast du auch wieder recht, V.«

»Dann meld dich doch einfach, wenn du wieder was hast«, sagte er.

»Mach ich. Und danke.«

»Keine Ursache.«

»Fingernagelimplantation«, hauchte ich noch, aber V hatte mich schon weggedrückt.

4

Als die übrigen einhundertdreiundfünfzig Verlage mein Manuskript, das ich aus finanziellen Gründen diesmal per E-Mail verschickte, ebenfalls ablehnten, innerhalb einer einzigen Woche, mit Formbriefen, also ungelesen, oder angewidert, mit spitzen Fingern sozusagen, wurde mir schlagartig klar, dass ich in der Falle saß. Ich hatte fest mit dem Einkommen für das neue Buch gerechnet. Wovon sollte ich jetzt die Miete zahlen? Im *Trinidad* hatte man bereits Ersatz für mich gefunden. Ein neuer Job? Wie und wann sollte ich dann schreiben? Da stand ich. Schwieg und schwitzte. Wenn ich schreiben wollte, und das wollte ich nicht nur, das *musste* ich, unbedingt, dann gab es nur eine einzige Möglichkeit, meine letzte Möglichkeit, *last exit* Tante Erna.

Wie gesagt, ich hatte sie einige Male besucht, seit ich in Heidelberg wohnte. Und sie? Hatte bei jedem Besuch ihren verführerischen Vorschlag erneuert. Die Wohnung, hatte sie regelmäßig gesagt, wartet auf dich. Ich hatte immer höflich abgelehnt, jetzt aber ging ich mit einem großen Blumenstrauß zu ihr und klingelte. Ich fragte sie, ob ihr Maisonette-Angebot noch stehe, und sie antwortete ja, natürlich, und ich sagte, ich würde es annehmen, jetzt, endlich, und Tante Erna strahlte und verwickelte mich in eins ihrer berüchtigten Gespräche, sprich, Monologe (»Der Petzold hat mir zwanzig Pfund Äpfel gebracht die musste ich direkt zu Kompott machen ich hab ja selber Äpfel satt und letztes Jahr hatte ich schon viel zu viel Äpfel ich hab den ganzen Winter nur Äpfel gegessen die mussten ja weg den ganzen Winter hatte ich so Lust auf Bananen aber ich kann ja keine Bananen kaufen solange ich noch Äpfel hab ich musste erst mal die ganzen Äpfel essen jeden Tag Äpfel ich konnte ja keine Äpfel mehr sehen aber die kann man ja nicht verkommen lassen die kann man ja nicht wegschmeißen das wär viel zu schade man kann doch keine Äpfel wegschmeißen und stattdessen Bananen kaufen aber ich hätt so gern mal ne Banane gegessen letzten Winter«), sodass mir schnell klar war, ich würde nur vorübergehend hier einziehen, nur so lange, dachte ich, bis ich das neue Buch geschrieben hätte oder jedenfalls den Anfang eines solchen, etwas, was ich V zeigen und wofür ich ihn um einen Vorschuss bitten könnte. Hier, dachte ich, bei Tante Erna, könnte ich immerhin mietfrei wohnen und in Ruhe schreiben. Mein Restgeld würde, wenn ich sparsam wäre, von Aldi lebte und ab und zu hungerte, einige Zeit reichen, in der ich einen großen Schritt vorankommen würde mit einem neuen Buch.

Dachte ich zumindest.

Damals.

Aber das mit der Erbtante war so ne Sache. Eigentlich war meine Großtante Erna (gelernte Hebamme) ein guter Mensch. Furchtbar klein, schmal, drahtig, biegsam wie ein japanisches Bambusrohr, immer auf Zack, ungeheuer sportlich. Selbst mit ihren achtzig Jahren konnte sie noch beide Handflächen auf den Boden legen und die Beine dabei durchdrücken. Tante Erna hatte ihren niederrheinischen Singsang beibehalten, obwohl sie schon in jungen Jahren ihrem Mann aus Niederkrüchten nach Heidelberg gefolgt war, wo sie auch nach dessen Tod blieb, wenn auch nur aus dem einzigen Grund, das Grab des Verschiedenen zu pflegen. Tante Ernas immenses Redebedürfnis war ihrem altersbedingt großen Erlebnisschatz sowie der Tatsache geschuldet, dass sie seit dem Tod ihres Manns allein vor sich hin lebte; die sieben Kanarienvögel waren ihr widerspruchslos ergeben und dementsprechend keine Kommunikationsvorbilder.

Insofern war ich froh, wenn ich Tante Erna nicht zu oft begegnete. Doch beinah jedes Mal, wenn ich die Treppen hinunter- und an der Tantenwohnung vorbeiging, sprang die Tür auf, und das strahlende Gesicht von Tante Erna erschien. Mir war fast, als *warte* sie hinter der Tür, ja, als bestehe der Sinn ihres Daseins, seit ich hier eingezogen war, nur darin, Tag und Nacht hinter der Tür auf der Lauer zu liegen und darauf zu warten, dass ich vorbeischlich. Gelang es ihr nicht, mich beim Verlassen des Hauses zu überrumpeln, fing sie mich regelmäßig ab, wenn ich wieder zurückkam. Von ihrem Küchenfenster aus konnte sie den Eingangsbereich gut überwachen. Die Haus-betreten-Begegnungen fielen immer deutlich länger aus als die Haus-verlassen-Begegnungen. Bei den Haus-betreten-Begegnungen konnte ich keine Gründe mehr für eine mögliche Eile anführen, schließlich war ich ja jetzt zu Hause, da käme es auf eine oder zwei Stunden nicht an, und das Argument, dass ich schreiben müsse, zählte nicht, denn, so Erna, schreiben könne ich ja *immer*. Anfangs nahm ich dieses regelmäßige Erwischtwerden in Kauf, sozusagen als Preis, den ich für die Mietfreiheit zu zahlen hatte, aber von Woche zu Woche bereiteten mir die Treppenbegegnungen mit Erna immer mehr Magenschmerzen. Aus Angst verließ ich die Wohnung nur noch, wenn es absolut nötig war. Rechnete immer einen Tante-Erna-Puffer ein. Zuckte zusammen, wenn ich sie an ihrer Tür stehen sah, Trainingshose mit zwei Streifen, flache Segelleinenschuhe, enge Bluse, grauer Dutt, Damenbart und Nickelbrille, und Tante Erna ließ die Finger knacksen, grinste, zwinkerte mir zu, immer in Bewegung, so wie ihre Lippen immer in Bewegung waren, egal, ob sie sprach oder zuhörte, das war ein unermüdliches Kauen von Worten oder Luft.

»Hallo Martin«, sagte sie, Stimmlage Alt.

»Hallo Erbtante«, flüsterte ich und zwinkerte zurück.

Dann lachte sie immer.

»Weißt du, wer gestorben ist?«, war ihre Lieblingsfrage, ich verneinte, und sie nannte einen Namen, den ich nicht kannte, erklärte mir, um wen es sich handelte, und ausgehend vom soeben Verstorbenen kam sie oft genug auf ihren Mann zu sprechen. »Wir haben uns die ganzen letzten Jahre in den Haaren gelegen mein Mann und ich also als der noch gelebt hat und ich hab immer gesagt wenn ich mal nicht mehr bin dann will ich *in Niederkrüchten* begraben werden und der Josef hat immer gesagt wenn er mal nicht mehr ist dann will er *in Heidelberg* begraben werden und ich hab immer gesagt *meine* Eltern haben ein Familiengrab *in Niederkrüchten* und der Josef hat immer gesagt *seine* Eltern haben ein Familiengrab *in Heidelberg* und ich hab gesagt mein Leben lang hab ich mich darauf gefreut ins Familiengrab zu kommen zurück zu meinen Eltern und du wirst mich nicht davon abhalten wegen dir hab ich gesagt bin ich schon nach Heidelberg gezogen ich werd nicht auch noch zu deinen Eltern ins Grab ziehen und da hat der Josef gesagt dann machen wir eben ein neues Grab auf und ich hab gesagt du bist verrückt wir können nicht einfach ein neues Grab aufmachen und der Josef hat gesagt warum denn nicht irgendwann muss man auch mal neu anfangen und die alten Zöpfe abschneiden und ich hab gesagt das sind doch keine alten Zöpfe das sind meine Eltern da liegen meine Eltern drin da will ich *auch* rein ist das so schwer zu begreifen und ich hab gesagt mein ganzes Leben hab ich wegen dir in

Heidelberg verbracht und du hältst es nicht mal für nötig wenigstens wenn wir tot sind einen kleinen Schritt in meine Richtung zu tun?«

Trotzdem: Weil Großtante Erna mich aus irgendeinem mir schleierhaften Grund nie in der Dachgeschosswohnung besuchte, blieb mir genug Zeit und Ruhe fürs Schreiben. Ich konnte also loslegen. Nur: *Worüber* sollte ich schreiben? Offensichtlich war das, was ich mittlerweile selbst erlebt hatte (*Schreib, Maschine!*), nicht mehr literaturtauglich. Also musste ich die Dinge, über die ich in Zukunft schreiben wollte, erfinden. Nun gut, das durfte ja nicht so schwer sein. Ich saß da und grübelte. Als mir nichts einfiel, las ich einige Bücher übers Schreiben: *Schreiben leicht gemacht*, *Wer schreibt, der bleibt*, *Die kleine Schreibfibel*, *Schreib einfach los* und *Jeder kann schreiben*. Danach wusste ich zwar, dass ich nicht zu viele Adjektive verwenden und das Phänomen des Zufalls nicht überstrapazieren durfte, ich wusste auch, dass man seinen Ausdruck zu variieren, also beispielsweise nicht immer nur *ab und zu* schreiben sollte, sondern ab und zu auch mal *ab und an* oder, noch schöner, *hin und wieder*, aber was das Finden einer Idee betraf, stand ich völlig ratlos da. Bis ich zufällig in der Bibliothek (erster Zufall) die englischsprachige Ausgabe von Patricia Highsmiths Buch übers Schreiben fand (ich war ehemaliger Englischlehrer: zweiter Zufall). Ich las das Highsmith-Buch in einem Rutsch durch. Ideenkeime, sagte sie. Überall auf der Straße liegen sie herum, die Keime, man muss sich nur bücken. Also folgte ich ihrem Rat und ging auf die Straße. Die Straße führte mich zum Bücherflohmarkt auf der Neuen Messe. Dort (dritter Zufall) sah ich einen Bücherstand, an dem ein merkwürdig ausschauender Mann meine Aufmerksamkeit erregte. Er hatte statt Haut nur Dreck auf den Knochen, schien es. Seine Haare waren zu einem dicken Strang verfilzt, seine Fingernägel schwarz. Er stank drei Meter gegen den Wind. Er saß allein dort. Trotz des Gestanks ging ich auf den Mann zu und sah sofort: Sämtliche Bücher, die dort lagen, waren esoterische Bücher, es ging um schwarze Magie. Ich griff nach dem unmittelbar vor mir liegenden Buch (vierter Zufall) und schlug es auf: Es war ein Buch über den Grafen von Saint-Germain. Ich hatte schon mal von ihm gehört. Die Esoteriker vergöttern ihn. Der Graf von Saint-Germain, heißt es, soll über Unsterblichkeit verfügen. In den verschiedensten Jahrhunderten taucht er immer wieder auf. Das ist es!, jubelte ich innerlich. Ein Buch über den Grafen! Ein Roman! Ein historischer Roman! Der Graf! Was für eine Figur! Ein Mensch, der ewig lebt! Was für ein Keim! Jemand, der über Jahrhunderte hinweg alles, was geschehen ist, mit angesehen hat! Welche Chancen! Welche Möglichkeiten! Ich sagte dem Mann hinterm Stand, dass ich das Graf-von-Saint-Germain-Buch kaufen wolle.

»Siebenundneunzig Euro«, murmelte er.

»Bitte was?«, rief ich.

»Siebenundneunzig Euro«, wiederholte der Mann.

Natürlich hätte jeder andere das Graf-Buch sofort wieder weggelegt, nicht so Martin Kranich. Ich hatte unmittelbar vor der Highsmith-Entdeckung mein gesamtes Kleingeld einem Straßenmusiker gegeben (fünfter Zufall), hatte dann am Geldautomaten der Volksbank exakt hundert Euro abgehoben (sechster Zufall). Jetzt pflückte ich sofort die zwei Fünfzig-Euro-Scheine aus der Börse und reichte sie dem Mann mit den schwarzen Fingernägeln. Er nahm sie entgegen und sagte, das sei jetzt aber dumm, er habe kein Wechselgeld (der siebte, fürs Weitere völlig belanglose Zufall).

»Stimmt so«, sagte ich.

Zu Hause stürzte ich mich auf das soeben erstandene Buch. Las es wie unter Drogen. Wahnsinn!, dachte ich. Was für ein Stoff! *Das* wird ein Roman!, dachte ich. Der perfekte Roman! Der ultimative Roman! Ach was, Roman! Das wird ein *Werk*! Ein Projekt! Ein Großprojekt, wie es kein Zweites in der Geschichte der Literatur je gegeben hat noch je wieder geben wird, ein Geniestreich, ein Jahrtausendwerk! Ich entwarf auf der Stelle einen groß angelegten groben Plan, nicht etwa bloß für einen historischen Roman, sondern für einen historischen Roman*zyklus*. Es sollte ein zehnbändiges Epos werden. Für jedes Jahrhundert zwei Bände. Pro Band 999 Seiten, eine Zahl, bei der jeder Esoteriker in Glücksjauchzer ausbrechen würde. Ich schrieb: Band 1 – Die Jahre 1500 bis 1550. Band 2 – Die Jahre 1551 bis 1600.

Band 3 – Die Jahre 1601 bis 1650. Band 4 ... Ich machte eine Pause. Diese Bücher, dachte ich, dort, am Schreibtisch, mich meinen Zukunftsträumen hingebend, diese zehn Bücher müssten so unglaublich spannend sein, dass sämtliche Leser händeringend auf das Erscheinen der Fortsetzung warten würden. Den jährlich identischen Erscheinungstermin des jeweils neuen Bands, den 9.9., würde die Bundesregierung zum Feiertag erklären müssen, es würde sowieso keiner mehr arbeiten, weil alle geschlossen und ohne Ausnahme am Erscheinungstag in ihren Wohnungen den *Grafen* lesen würden. Schon beim dritten Band würden die Buchhandlungen dazu übergehen müssen, die Bücher per Post an die Lesermassen zu versenden, um dem wilden Campen in den Fußgängerzonen und den hemmungslosen Gewalt- und Plünderungsorgien frustrierter, weil leer ausgegangener Graf-Käufer Einhalt zu gebieten. Und V? Müsste mir jeden Wunsch von den Lippen lesen. Müsste mir alles verzeihen, müsste alles durchgehen lassen, auch meinen Ärger, meine ständigen Meckereien über die Auflagenzahlen. »Es *sind* dreiundfünfzig Millionen Bücher verkauft«, würde V schüchtern einwenden, »*mehr Leser* gibt es nicht in Deutschland. Das sind *alle*!« Ich würde endlich zuhauf Literaturpreise gewinnen, zuerst den *Kranichsteiner Literaturpreis*, denn wem sonst würde der *Kranichsteiner Literaturpreis* mehr zustehen als mir, Kranich? Spätestens nach Erscheinen des vierten Bands würde auch die Jury des *Büchner-*

Preises nicht umhinkommen, mir diesen zu verleihen, wobei die von meinen Fans anonym zugestellten Briefe, die zerstochenen Reifen und die mit Farbdosen aufgesprühten Galgenmännchen-Graffiti an den Häuserwänden der *Büchner-Preis*-Jurymitglieder sicherlich nicht ausschlaggebend, sondern nur letzter Auslöser für ihre Entscheidung wären. Ich selbst würde mich aber vorauseilend der Verantwortung stellen, die so ein *Büchner-Preis* für das Schreiben meiner Graf-Bücher bedeutete. Ich nahm mir von Anfang an vor, jeden einzelnen Satz der 9990 Seiten meines Werks als eine Art Gedicht zu betrachten. Jeder Satz musste für sich gesehen perfekt sein. Nicht der mindeste Makel durfte dem einzelnen Satz anhaften, jedes Wort musste haargenau an der Stelle stehen, an der es zu stehen hatte, kein Komma, kein Semikolon, kein Ausrufezeichen durfte funktionslos im Hinblick auf die Gesamtkomposition dort erscheinen, wo es eben erschien. Ja, und was war die Gesamtkomposition? Ich wollte exemplarisch und mittels der aufregenden und endlosen Lebensgeschichte des Grafen von Saint-Germain auf unterhaltsame, anspruchsvolle, hintersinnige und atemberaubend spannende Art die komplette europäische Menschheitsgeschichte ab dem erstmaligen Auftreten des Grafen im sechzehnten Jahrhundert erzählend aufbereiten. Das Problem bei der Sache: Ich hatte keine Ahnung von Geschichte. Die Lösung: Ich musste erst mal recherchieren.

Dazu begab ich mich voller Tatendrang in den Lesesaal der Universitätsbibliothek. Um das sechzehnte Jahrhundert zu verstehen, dachte ich, musste ich mir zunächst einen Überblick verschaffen über die Zeit *davor*, also über das erste bis fünfzehnte Jahrhundert, um nicht zu sagen, die Jahrhunderte vor Christus, bis hin zu den ersten Zeugnissen der Menschheit überhaupt, und ich ging an den Regalen vorbei, die säuberlich chronologisch geordnet waren, immer weiter zurück ging ich, bis zum Ursprung der Erde, schließlich blickte ich entsetzt auf ein Buch mit dem Titel *Die Kreidezeit* und musste an meine eigene Kreidezeit denken, als Lehrer, im Referendariat und in Göppingen, nein, dachte ich, das verkrafte ich nicht, ging wieder ein Stückchen nach vorn, schnappte mir schließlich das Buch *Auf der Jagd nach den ersten Jägern* und zog mich zum Lesen zurück. Nachdem ich drei Stunden lang über den Urschrei, das Orang-Utan-Gebaren, die ersten handwerklichen Erzeugnisse, die frühen Höhlenmalereien und die wissenschaftlich auf sehr wackligen Beinen stehende These über den Ursprung der Ostereisuche bei den Neandertalern gebrütet hatte, fragte ich mich in einem lichten Augenblick, was ich da eigentlich tat. Ich wollte ein Buch über den Grafen von Saint-Germain schreiben und las stattdessen über Cromagnonmenschen! Ich dachte, vielleicht zäum ich das Pferd von der falschen Seite auf. Vielleicht sollte ich zuerst weitere Bücher über den Grafen lesen. Bücher zum Leben und Sterben, das heißt, eigentlich nur zum Leben und Wirken des Grafen. Und wie sich herausstellte, war das keine schlechte Idee. Denn vollkommen mitgerissen tauchte ich in den folgenden Wochen ein in die Graf-Welt der Esoterik: Alchimie, Giftküche, Druiden, Hexen, Satanismus, Homunculi, ich ging ganz und gar in meinem Thema auf und ließ mich derart inspirieren, dass ich mich endlich, endlich reif fühlte für den Auftakt zu meinen 9990 zu erwartenden Seiten: den ersten Satz. Ich saß zitternd vor dem Bildschirm und sprühte vor Kreativität. Die Luft um mich her war wie elektrisiert. So tippte ich also die ersten Worte, ganz aus dem Bauch raus: »Es war einmal ein Graf.« Ich löschte sie, tippte dann: »Von einem Grafen soll die Rede sein.« Ich löschte auch diese Zeile und trank erst mal einen Schluck Wasser in der Küche. Dort, in der Küche, schlug etwas in meinen Kopf ein, für das ich nichts konnte. Man mag es Geistesblitz nennen, egal, ich sah plötzlich den ersten Satz deutlich vor mir stehen, sprang zurück zum Computer und tippte: »Geboren wurde er auch.« Ich strahlte. Was für ein Einstieg!, dachte ich. *Geboren wurde er auch.* Ein offener Anfang. Jeder Leser würde sich fragen, *wer* denn geboren wurde, jeder würde sich fragen, weshalb man die Tatsache, dass der Held geboren wurde, überhaupt erwähnen muss, etwas, das ich später mit der Tatsache, dass der Graf nicht sterben kann, kontrastieren würde, und jeder würde sich fragen, weshalb er *auch* geboren wurde, auch ich selbst fragte mich das, verschob aber eine Antwort auf später. »Geboren wurde er auch.« Dieser Satz, dachte ich, mein Gott, das ist es! Doch irgendwie stockte der Fortgang der Geschichte. Immerhin, dachte ich, der erste Satz. Ich fuhr den Computer runter und machte erst mal Feierabend.

5

Ich weiß noch genau: Es war ein Dienstag. Ich ging ins Fitnessstudio. Eigentlich hasse ich Fitnessstudios. Aber ich hatte nach meinem Aufenthalt in Bad Griesbach einen Vertrag abgeschlossen. Auf Geheiß meines Therapeuten. Kein Alkohol. Keine Zigaretten. Stattdessen: Sport. Um nicht rückfällig zu werden. Ich ging zweimal die Woche hin, immer noch, regelmäßig, und zwar dienstags und samstags. Am Samstag, um die Wochenendausgabe der FAZ abzustauben und einen Vitamincocktail an der Theke zu trinken, und am Dienstag ging ich in die Sauna. Als ich nun an diesem Dienstag grübelnd unter der Dusche stand und mich immer noch fragte, wie ich den Stoff vom Grafen von Saint-Germain und die komplette Menschheitsgeschichte ab dem sechzehnten Jahrhundert am besten in den Griff bekäme, traf ich zum ersten Mal diesen großgewachsenen, schlanken Mann mit dichtem schwarzem Haar, Sebastian Pfeifer, wie ich später erfahren sollte, vierundvierzig Jahre alt. Dabei muss ich erwähnen, dass *er* es war, der *mich* ansprach.

»Mein Gott«, sagte er.

»Was?«, fragte ich.

»Wenn man sich so die Haare wäscht. Man weiß ja gar nicht, was da drunter ist.«

»Haben Sie Schuppen?«

»Nein, ich meine den Kopf. Das Gehirn: eins der letzten großen Rätsel der Menschheit.«

»Sind Sie Hirnforscher oder was?«

»Pfeifer, Sebastian, Neurowissenschaftler.«

»Kranich, Martin, freier, also freier Schriftsteller.«

»Und? Was schreiben Sie so?«

»Ich arbeite gerade an einem historischen Roman.«

»Um Gottes willen«, sagte Pfeifer.

»Wieso?«

»Wissen Sie, wie viele Museen es in Deutschland gibt? Wie viele historische Fakultäten? Institute? Verbände?«

»Nein.«

»Zigtausende!«

»Aha.«

»Und Institute für Zukunftsforschung?«

»Keine Ahnung.«

»Nicht mal fünfzig.«

Ich schwieg.

»Was ist so interessant an der Vergangenheit? Es gibt genug Probleme in der Gegenwart. In der Zukunft! Hirnforschung!«, rief er. »Es gibt noch keinen einzigen brauchbaren Roman über Hirnforschung! Dabei ist die Hirnforschung das interessanteste Gebiet des Denkens überhaupt. Der Geist, der über sich selbst nachdenkt, das Bewusstsein, das über das Entstehen seiner selbst grübelt. Wie kommt der Gedanke ins Gehirn? Wie entsteht das Gefühl? Gibt es einen freien Willen? Warum verstehen wir nicht, dass es um Vernetzung geht? Im Gehirn ist alles miteinander vernetzt. Alles auf einer Ebene. Vergessen Sie Ihr Shampoo nicht«, rief er.

»Das vergess ich jedes Mal. Am liebsten würde ich es mir mit einer Kordel ums Handgelenk binden.«

»Eine der sieben Todsünden des Gedächtnisses«, sagte er. »Unaufmerksamkeit. Dagegen kann man was tun.«

»Und was?«

»Ich muss los, aber sind Sie nächsten Dienstag wieder hier?«

Sebastian Pfeifer weihte mich fortan zwischen den Dienstagsaufgüssen in die Geheimnisse der Hirnforschung ein. Je mehr er mir erzählte, umso interessierter hörte ich ihm zu. Alles, was ein Schriftsteller gesagt bekommt, schreibt er gewissermaßen auf einen inneren Notizblock mit dem Hintergedanken, es später irgendwie verwenden zu können. Also, dachte ich, vielleicht könnte ich meinen historischen Romanzyklus über den Grafen von Saint-Germain an die neuesten Erkenntnisse der Hirnforschung koppeln. Vielleicht gelänge es mir, in einer Rahmenhandlung einen in Hirnforschungsexperimente verwickelten Erzähler auf die Geschehnisse um den Grafen rückwirkend Einfluss nehmen zu lassen. Oder ich könnte der Graf-Dekalogie eine neurologische Subebene unterlegen, mehr noch, Literatur, so hatte Pfeifer doziert, müsse immer gesellschaftliche

Relevanz aufweisen, dürfe nie zum Selbstzweck verkommen, niemals *l'art pour l'art*, hatte er mit angewidertem Gesicht gesagt, nein, es müsse gezeigt werden, wie in unserer komplexen Welt, die eine ständige Überforderung des Einzelnen bedeute, ein »Komplexitätshandling« möglich sei, wobei die Struktur des Gehirns und das Wissen darüber enorm hilfreich seien. Also, dachte ich, wäre es doch opportun, nicht einfach bloß geschichtliches Faktenwissen romanhaft abzubilden, man müsste vielmehr darstellen, *wie* unsere Gesellschaft des einundzwanzigsten Jahrhunderts so geworden ist, wie sie geworden ist, sprich, unsere heutigen Probleme rückführend beleuchten, kausalkettenhaft erläutern, soziologisch-psychologisch erklären, man müsste vorausblickend Lösungsansätze anbieten, ja, man müsste ein kritisch-politisch-gesellschaftliches, gleichwohl poetisch-lyrisches Unterhaltungs- und Abenteuerepos mit – da würden mir Pascal und auch Pfeifer sicherlich helfen – philosophisch-naturwissenschaftlich unterfütterten Zeitgeistelementen schreiben. Das klang toll! Ich musste nur in Ruhe drüber nachdenken.

Ich verschob das Nachdenken auf später und exzerpierte monatelang alle Bücher, die ich zu meinen Themen bekommen konnte, von *Einführung in die soziologischen Implikationen der Hirnforschung*, über *Wie man die Nuss des Denkens knackt* (populärwissenschaftlich) und *Zukunftsforschung für Jedermann* bis hin zu den einschlägigen Geschichtsbüchern, die ich bei der Ausleihe viermal verlängerte, ehe mich ein schlechtes Gewissen beschlich, da ich trotz unermüdlichem Einsatz noch nichts geschrieben hatte, weil Tastatur und Maus in meinen knapp dreihundert Exzerptseiten ertrunken waren.

Kurz gesagt: Ich kam nicht weiter.

6

Und dann klopfte es. An meiner Tür. Das war bislang noch nie passiert. Ich dachte, das kann nicht sein, geklopft wird hier nie, geklingelt wird schon nicht, und geklopft wird hier nur, wenn der Klopfer sich im Haus befindet. Ich schlich zur Tür. Blickte durch den Spion. Sah aber nichts. Obwohl es hell war im Treppenhaus. Ich öffnete. Es war Tante Erna. Sie stand dicht ans Türblatt geklebt, neben dem Spion, als hätte sie gehorcht, ob sich drinnen was tut. Tante Erna: hier oben, bei mir? Das war noch nie passiert. Schon in diesem Augenblick ahnte ich: Das war der Anfang vom Ende, der Beginn des Untergangs.

Tante Erna sah mich an. Dann legte sie vor ihrer Brust den einen Arm in den anderen, spitzte den Mund und ließ ihre Lippen eine Art Sauggeräusch fabrizieren. Ich nickte betont verständnisvoll. Insgeheim dachte ich, jetzt ist es passiert, es hat so kommen müssen, Demenz, in Tante Ernas Alter durchaus nicht ungewöhnlich. Wir Menschen werden alle inzwischen so alt, dass wir den Verstand verlieren. Kein Wunder, dachte ich, dort an der Tür stehend: Denn wenn man das, was sich Leben nennt, achtzig oder neunzig Jahre lang hat ertragen müssen, bleibt dem Kopf nichts anderes übrig, als sich irgendwann auszuklinken. Tante Erna bückte sich, griff nach einer neben ihr stehenden Tasche, und da endlich brach ich das Schweigen: »Tante Erna!«

»Martin!«

»Was willst du?«

»Rein.«

»Wie, rein?«

»Zu dir.«

»Zu mir?«

»Eigentlich *zu mir*, in meine Dachgeschosswohnung, die ich dir zur Verfügung gestellt habe.«

»Aha.«

»Vorübergehend.«

Ich schluckte. Tante Erna schob sich an mir vorbei in meine, also eigentlich in ihre Wohnung, in der ich, wie mir plötzlich siedend heiß klar wurde, immer noch mietfrei lebte, ohne Mietvertrag, ohne jede rechtliche Handhabe, auch dort verbleiben zu dürfen, wenn *sie* etwas dagegen hätte. Als die Tür mit einem Klick ins Schloss fiel, klang es wie das Übungsniedersausen einer Guillotine. Ich steckte meine Hand zwischen Hemdkragen und Hals. Meine Tante hockte sich an den Esstisch, auf den sie vorher die Tasche gewuchtet hatte. Sie winkte mich heran. Ich musste mich ihr gegenüber hinsetzen. Sie öffnete die Tasche, holte drei Bücher heraus und reichte sie mir. Ich las die Titel: *Stillen leicht gemacht*, *Säugling kommt von säugen* und *Die muntere Stillfibel*. Ferner ein Plakat mit allen möglichen Stillhaltungen. Dann zog Tante Erna ein nierenförmiges Schälchen aus der Tasche, dessen Bedeutung mir schleierhaft war. »Ein Brustmilchauffangschälchen«, sagte sie. Ich nickte und rieb mir das Kinn. Natürlich, Tante Erna war mal Hebamme gewesen, aber trotzdem: Ich hatte nicht den leisesten Schimmer, was hier gerade geschah. Aber dann ließ Tante Erna die Katze aus dem Sack.

»Tamara hat angerufen!«, sagte sie.

»Tamara?«

»Deine Schwester!«

»Meine Schwester?«, rief ich.

»Ja, deine Schwester.«

»Die drei Jahre jünger ist als ich?«

»Jawoll.«

»Die jetzt zwei Jahre in der Ukraine war?«

»Genau die.«

»Als DAAD-Lektorin?«

»Wer sonst?«

»Die seit längerem nichts hat von sich hören lassen?«

»Jawoll.«

»Also tatsächlich die Schwester, mit der ich mich eigentlich sehr gut verstehe, obwohl der Kontakt nach dem letzten Streit, welcher überflüssig gewesen ist wie ein Kropf, abgebrochen ist, was ich sehr bedaure, da wir beide immer schon auf blendende Art und Weise höchst intellektuelle Gespräche über Thornton und Billy Wilder, über die intra-, intro- und interreflexive Beschaffenheit des neuen englischen Films sowie über die leidige Frage nach Sinn und Grenze des biologischen Geschlechtskonstrukts geführt haben, die unsere geistigen Horizonte durchaus zu befruchten und zu erweitern in der Lage gewesen waren!?«

»Genau die.«

»Also Tamara?«

»Du hast nur eine Schwester, Martin!«

»Die noch unverheiratet ist?«

»Jawoll.«

»Die Tamara, die dank ausgebildeter Yoga-Technik ihre eigenen Fußnägel abknabbern könnte?«

»Ja.«

»Die hat hier angerufen?«, rief ich, onkeldramaturgisch komplett ausgelaugt.

»Genau die«, sagte Erna.

»Und? Was wollte sie?«

»Einziehen.«

»Wo?«

»Hier.«

»Wie, hier?«

»*Hier* hier!«

»*Hier* hier hier?«

»Genau.«

»Also bei mir?«

»Ja.«

»Warum?«

»Kannst du dir das nicht denken?«, fragte Erna und

deutete auf die Stillbücher. Jetzt kam ich mir reichlich dumm vor.

»Sie hat ein Kind?«, fragte ich.

»Noch nicht«, sagte Erna. »Aber wenn es so weit ist, wirst du mit anpacken müssen.«

»Aber …«

»Und ich kümmere mich ums Stillen. Persönlich.«

»Ja, wann kommt sie denn?«

»Nächste Woche.«

»*Nächste* nächste Woche?«

Als die Tür an diesem Abend ein zweites Mal ins Schloss klickte, klang es nicht mehr wie ein *Übungs*niedersausen.

7

Tamara war eigentlich gar nicht so verwöhnt, wie es den Eindruck macht, wenn ich gleich sage, dass sie ein wenig die Nase rümpfte wegen des geringen Raums, der zur Verfügung stand. In der Ukraine hatte sie mit anderen Lektoren in einer Villa residiert, 334 Quadratmeter, Putzfrau, Chauffeur. Sie hatte ab und zu, ab und an oder hin und wieder einfach mal eine Wanderung durch ihr Domizil gemacht und noch im zweiten Jahr ihres Ukraine-Aufenthalts ein Zimmer entdeckt, das sie nie zuvor gesehen hatte. Sie schob schon eine kleine Kugel vor sich her und schien nicht allzu erschüttert über die Tatsache, dass der Vater ihres zukünftigen Kinds sie verlassen hatte, noch ohne von der Schwangerschaft zu wissen.

Schon am zweiten Tag sprachen wir uns aus, begruben unsere Zwistigkeiten, versöhnten uns, redeten wieder wie früher miteinander, und Tamara teilte mir mit, dass sie auf keinen Fall eine solche Mutter werden wolle wie die Mütter, die man gemeinhin kenne. Wie die Mütter, die einem im Lauf des Lebens zwangsläufig außer der eigenen Mutter begegneten. Sie, sagte Tamara, wolle keine Schildkrötenmutter werden …

»Keine was?«, fragte ich.

»Keine Schildkrötenmutter«, sagte Tamara.

Das war ein Bild aus dem Film *La mère, la tortue* von Philippe Weinstein, wie sie erzählte: Eine Mutter kann ihr Kind nicht aus dem Körbchen lassen, so lange, bis es achtzehn Jahre alt ist, die Arme und Beine des Kinds baumeln an den Seiten aus dem Körbchen heraus, und als das achtzehnjährige Kind endlich die Mutterwohnung verlassen will, merkt es, dass es am Körbchen festgewachsen ist, es will sich aufrichten, kann aber nicht laufen, kann nur kriechen, eben, wie eine Schildkröte, mit dem Kinderkörbchen auf dem Rücken, ein grandioses Bild für die alles erstickende Liebe der Mutter.

»Aha«, sagte ich.

Was Tamara also wollte, war ganz einfach und ließ sich auf einen knappen Nenner bringen: Sie wollte die goldene Mitte, sie wollte eine tolle, coole, eine ideale Mutter werden, aufgeklärt, rücksichtsvoll, sie wollte loslassen können, aber auch gleichzeitig da sein, sie wollte das Kind lieben, aber nicht zerlieben, sie wollte für alles Verständnis haben und dem Kind einen großen Schutzraum bieten, aber gleichzeitig durch Infragestellung und Offenheit den Grenzbereich zwischen ihr und dem Kind und der Welt im Ganzen und der Freiheit der anderen Menschen abstecken, sie wollte in vorausspringender Fürsorge dem Kind zur Seite stehen und nicht Besitzerin, Beraterin oder Erzieherin sein, sondern Begleiterin, Lebensbegleiterin. Kurz, sie wusste ganz genau, was sie wollte und was sie nicht wollte: Sie wollte nichts falsch, sondern alles richtig machen.

»Na denn«, sagte ich.

»Weißt du was? Ich bin froh, dass du da bist«, sagte Tamara. »Meinst du, du kannst mir dabei ein bisschen helfen?«

»Wie, helfen, wobei, was?«

»In den ersten Wochen, nach der Geburt.«

»Also, ich, ja, nein, doch, klar, ja, da werd ich wohl wahrscheinlich nicht mehr hier wohnen«, sagte ich rasch. »Ich bin nur vorübergehend hier eingezogen. Außerdem: Nach der Geburt brauchst du ja viel Platz für dich und das Kleine. Da will ich nicht stören.«

»Quatsch. Du wärst eine große Hilfe.«

»Neinneinnein. Ich schreib gerade die ersten Seiten meines Romans, dann noch ein Exposé, und das schicke ich an V...«

»... an V?«

»... an meinen Verleger. Und dann kriege ich einen Vorschuss. Und dann ziehe ich aus. Aber keine Angst, ich bleib natürlich in Heidelberg. So oft es geht, schau ich vorbei. Ich lass dich nicht hängen. Du kannst dich auf mich verlassen. Aber so mit Kind im Haus, nein, ich denke, da käme ich auch nicht mehr richtig zum Schreiben.«

»Verstehe. Und was schreibst du gerade?«

»Och, nicht so wichtig.«

»Eine Fortsetzung der *Schulgeschichten*?«

»Neinnein. Das wäre platt. Das wäre Abzocke. Das wäre billigste Masche. Das wäre eine literarische Katastrophe. Das wäre ... obwohl ... eigentlich ...«

»Was?«

»Ich werd eh schon zu den präfuturistischen Autoren gezählt.«

»Präfuturistisch?«

»Ja. Modern, postmodern, postpostmodern, präfuturistisch.«

»Und was bedeutet präfuturistisch?«

»Es ist scheißegal, was du schreibst, Hauptsache, es kommt genug Kohle rein.«

Wir stießen auf unsere gemeinsame Zukunft an, natürlich mit Wasser, ich nach meiner Entziehungskur, sie wegen der Schwangerschaft, gleichwohl warf Tamara ihr Wasserglas wie ein Wodkaglas über die Schulter nach hinten, ohne zu schauen, wohin. Es traf nicht die Wand, sondern den an der Wand hängenden Spiegel, der samt Wasserglas zerbrach, und ich dachte kurz an den Bumerangwurf des Kollegen Kuller, bevor ich selbst mein Wasserglas über die Schulter warf, wenn auch nicht ganz so heftig.

»Russische Sälle«, grinste meine Schwester mit gespieltem Akzent und gab mir einen schmatzenden Kuss auf den Mund. »Dann können wir ja auch die Zimmer neu aufteilen«, sagte sie, »wenn du eh bald ausziehst. So ein Balg braucht viel Platz.«

An diesem zweiten Tamara-Abend wurde das größte

Zimmer der Wohnung zum Kinderzimmer, das zweitgrößte zum Mutterzimmer und das drittgrößte, um nicht zu sagen, das kleinste, also diese zehn Quadratmeter kleine Kammer, zu meinem Zimmer, sprich, zum Bruder- oder Onkelzimmer, und die durch eine schmale Treppe zu erreichende Galerie zum Wohnzimmer.

»Einverstanden?«, fragte Tamara.

Ich nickte.

Unsere endlosen Gespräche über die neuesten pädagogischen Implikationen des experimentellen Autorenfilms schienen Tamara von Tag zu Tag mehr zu ermüden. Sie wolle viel lieber *etwas spielen*, sagte sie plötzlich. Und fand tatsächlich auf dem Flohmarkt ein Papst-Quartett. Fortan klopfte sie jeden Tag bei mir an, wedelte mit dem Quartett und fragte mich: »Spielen wir ne Runde?« Links oben auf den Quartettkarten waren die Konterfeis der Päpste zu sehen. Wie bei Auto-, Flugzeug-, Hubschrauber- oder Schiff-Quartetts gab es einige Kategorien, die man miteinander vergleichen musste. Im Papst-Quartett fanden sich Amtsdauer, Lebensalter, Bullen, Enzykliken, Konzile (nur bei zwei Päpsten relevant), PS bezog sich nicht auf Pferdestärken, sondern auf Päpstliche Strafmaßnahmen, statt Hubraum gab es Heiligsprechungen, statt Zylinder Mitra-Größe. Die Sekundenzahl bei Von Null auf Hundert verwies auf die Tatsache, ob es sich beim jeweiligen Papst um einen sanftmütigen oder aufbrausenden Papst gehandelt hatte.

Es war nicht so, dass ich mir keinen Ausweg aus meiner vertrackten Lage überlegte. Aber wenn ich es jetzt schon nicht übers Herz brachte, Tamara das Papst-Quartett-Spielen abzuschlagen, wie würde es erst in Zukunft werden? Meine Pflichten nahmen von Tag zu Tag zu. Mit der immer dicker werdenden Schwester, die immer weniger tragen und erledigen konnte, hier, in dieser kleinen Wohnung, dazu das in einigen Wochen zu erwartende Kindergeschrei, ich wusste nicht, ob das mir und meiner Karriere besonders zuträglich wäre. Andererseits: Ich war pleite. Ohne Geld würde ich nicht ausziehen können. Wenn ich hier aber nicht auszöge, fürchtete ich, wäre ans Schreiben bald nicht mehr zu denken. Es war ja eigentlich *jetzt schon* nicht daran zu denken. In Kürze wäre *überhaupt nicht mehr* daran zu denken. Und was ich Tamara erzählt hatte, entbehrte jeglicher Realität: Ich war weiter davon entfernt denn je, die ersten Seiten des *Grafen* zu schreiben oder ein Exposé zu erstellen. Ein Vorschuss vom Verlag war reinstes Wunschdenken.

Verzweiflungsstimmung bahnte sich an. Ich ging in die Stadt. In der Stadt wusste ich nicht, was ich da sollte. Die Leute wussten alle ganz genau, was sie da sollten, sie schienen jedenfalls alle ganz genau zu wissen, was sie da sollten, nur ich nicht. Ich stand im Kaufhof. *Alle* kauften. Vielleicht sollte also auch ich jetzt kaufen. Ich fragte mich, was ich denn jetzt kaufen sollte. Ich überlegte, was ich eigentlich benötigte, ganz dringend. Mir fiel nichts ein. Weil mir nichts einfiel, entschied ich mich für Filzstopper, die man auf die Sohlen von Stühlen klebt, zur Schonung des Parkettbodens. Das schien eine sinnvolle Anschaffung zu sein. Die Kassiererin fragte mich, ob ich eine Kaufhof-Kundenkarte besäße. Ich verneinte.

Eine für die Kaufhof-Kette gültige Payback-Karte?

Ich verneinte.

Ob ich denn eine solche Karte wolle?

Ich verneinte.

Ob ich sicher sei?

Ich bejahte.

Die Kassiererin schüttelte den Kopf.

Beim Rausgehen wurde mir entsetzlich schummrig, weil mir klar war, dass ich nicht dazugehörte. Zurück in der Wohnung ging ich händeringend auf und ab. Eigentlich bin ich am Ende, dachte ich und sah eine tiefe Lebens- und Sinnkrise heranschlittern. Keine Payback-Karte, dachte ich, als Kunde und Konsument gescheitert, als Mitglied der kapitalistischen Gesellschaft gescheitert, dachte ich, als Lehrer gescheitert, als Schriftsteller einen kleinen Erfolg gehabt, aber eben nur aufgrund des Lehrerscheiterns, also mit anderen Worten aus dem Lehrerscheitern einen Schriftstellererfolg gemacht, dann aber auch als Schriftsteller gescheitert, siehe zweites Buch *Schreib, Maschine!*, als konkreter, lebender Mensch gescheitert, dachte ich, keine Freunde außer vielleicht Pascal, niemand, der sich für mich interessiert, als abstrakter Mensch gescheitert, dachte ich, kein Sinn in Sicht außer dem Schreiben, aber auch das Schreiben war inzwischen geprägt von diesem verdammten Sichausbleiben. Ich rief Pascal an. Er war nicht da. Ich rief meine Mutter an. Das hatte ich lange nicht mehr getan. Sie sagte, sie habe keine Zeit, sie erwarte einen wichtigen Anruf. Dann drückte sie mich weg. So weit war es schon.

In solchen Momenten der Verzweiflung muss ich mich immer irgendwie hochpuschen, um überhaupt noch das Leben aufrechterhalten zu können. Im letzten Jahr war mir dies ganz gut gelungen mit dem wiederholten Durchlesen der immerhin drei guten Besprechungen zum Buch *Schulgeschichten*, die im Schlepptau und unter dem Eindruck der bitter erkauften FAZ-Hymne erschienen waren. Ich hatte die Rezensionen säuberlich ausgeschnitten. Alle anderen Kritiken, also die mauen, durchwachsenen, schlechten, bis hin zu eindeutigen Verrissen, hatte ich selbstredend verbrannt, die Asche auf dem Friedhof verstreut, den Namen des Rezensenten auf eine Voodoopuppe gekritzelt und in einem zweistündigen Ritual siebenundzwanzig Nadeln verbraucht. Nun also las ich, um mich aufzuheitern, zum achtunddreißigsten Mal, laut Strichliste, die drei Lobestexte. Aber auch das half nichts.

Also gut, dachte ich, das ist ein absoluter Notfall.

8

Für absolute Notfälle, hatte V mir gesagt, stehe er Tag und Nacht zur Verfügung. Für den berühmten Notanruf. Ich wusste: Mit Tag und Nacht meinte V nicht das, was man gemeinhin mit Tag und Nacht meint, sprich: immer, jederzeit, rund um die Uhr. Nein, mit Tag und Nacht meinte V: genau *einmal* nachts und *einmal* tagsüber. Deshalb sagte er ja auch Tag und Nacht und nicht etwa tags und nachts. Ich hatte inzwischen gelernt, genauer auf Vs Zwischentöne zu achten. Ich wusste, ich konnte den Notanrufsjoker nur ziehen, wenn mein Selbstbewusstsein ganz tief unten war, so wie jetzt. Trotzdem traute ich mich nicht so recht. Ich wählte zehnmal seine Nummer, drückte aber zehnmal wieder die rote Taste, hustete, redete mir vorm zerbrochenen Spiegel Mut zu, und beim elften Mal ließ ich es endlich klingeln. Ich schloss die Augen. Ich zitterte: aus Angst, er könnte nicht da sein, und aus gleichzeitiger Angst, er könnte da sein und sich verleugnen lassen, oder aus der noch schlimmeren Angst, er könnte da sein und mich abwimmeln, oder aus der allerschlimmsten aller möglichen Ängste, er könnte da sein und die Bestätigungs-Erste-Hilfe verweigern.

»Hier V«, sagte er.

»Was?«, fragte ich. In der Aufregung tat ich immer das Falsche. Und ich verfluchte mich umgehend, sprich: sofort.

»V hier!«, rief V mürrisch.

»Ach so, V«, sagte ich. »Klar.«

»Weisdeda?«

»Bitte?«

»Wer ist denn da!!??«

»*Ich* bin's!«

»Wer, *ich*?«

»*Ich!* Kennst mich doch!«

»Bin ich Stimmenleser, oder was?«

»Ich! Martin!«

»Ja, was für'n Martin?«

»Martin *Kranich*.«

»Ach so, Martin, hallo, war nur'n Scherz. Wie läuft's denn so? Schreibste fein?«

»Bin feste dabei.«

»Schön, schön. Ich muss dann wieder. Wünsch dir was.«

»Moment bitte.«

»Ja, was denn noch?«

»Ich hab da ne Frage.«

»Aber bitte kurz. Gleich ist Besprechung.«

»Ich meine, also, findest du, also, das Buch *Schulgeschichten*, du erinnerst dich, also, mein Buch, also, du weißt doch noch, damals, also, fandest, findest, findste das eigentlich *toll*?«

»Was?«

»Ich meine, ist das *so richtig klasse*?«

V seufzte, weil er wohl die Richtung roch, die das Gespräch hier nehmen würde. Autorenpinseln nannte er das.

»Ja, klar, denkst du, ich hätt das Ding sonst gedruckt!?«

»Ich mein, so *total genial*?«

»Natürlich!«

»Einfach *überirdisch*?«

»Mhm.«

»*So was ist noch nie da gewesen?*«

»Meine Worte damals.«

»Und sprachlich?«

»Jenseits jeder ästhetisch-poetisch denkbaren Grenze.«

»In einer Skala von eins bis zehn?«

»Siebenundneunzig.«

»Nicht hundert?«

»Doch, eigentlich schon, hundert.«

»Und strukturell-dramaturgisch?«

»Perfekt.«

»Wirklich?«

»Na klar.«

»Und vom literarischen Subtext her?«

»Extrem unterirdisch! Also, *sub*texttechnisch gesehen, wenn man davon ausgeht, dass Subtexte ja irgendwie unterirdisch, also *unterm* eigentlichen Text existieren. War ein Kompliment.«

»Verstehe. Und die Erzählperspektive?«

»Verflixt ausgetüftelt.«

»Das war doch nur eine simple Ich-Perspektive!«

»Denkst *du*! Aber du bist nur der Autor! Ich der Interpret! Ich kann dir sagen. Moment. Warte. Augenblick.« Ich vernahm Papierrascheln. »Hier. Jetzt. Also: Durch das Konterkarieren mit den Stimmen des schulinternen Systems wurde die Kranich-Ich-Perspektive (im Kranich steckt sowohl das *Ich* als auch der *Kran* als Symbol für eine alles überblickende, technische Hilfskonstruktion) im mehrgliedrigen Strom des mäandrierenden Flottierens dergestalt aus der Verpulverung in die Eindimensionalität extrapoliert, dass etwas Ungeheures in die Literaturgeschichte Einzug hielt, das es seit Erfindung des allwissenden Ich-Erzählers nicht mehr gegeben hat, nämlich die Erfindung, die Entdeckung einer neuen Perspektive, die multipersonale Ich-Auktor-Reflektor-Kran-Figur.«

Das hatte er, wie ich wusste, vorformuliert und mir schon beim letzten Selbstbestätigungsanruf vor sechs Monaten vorgelesen, in tiefster Nacht damals.

»Und *mich*?«, fragte ich.

»Wie, dich?«

»Wie findest du *mich*?«

»Nett.«

»Nett ist die kleine Schwester von scheiße«, zitierte ich.

»Extrem sympathisch!«, rief V.

»Nein, ich meine, als Schriftsteller im Ganzen? Findest du mich immer noch *super*?«

»Klar.«

»Trotz des *Schreib, Maschine!*-Manuskripts?«

»Typoskripts. Manuskript heißt: mit der Hand geschrieben. Typoskript: getippt.«

»Also, trotz des *Schreib, Maschine!*-Typoskripts?«

»War doch nur'n Ausrutscher. Mensch, das kannste viel besser, Martin.«

»Stehst du noch *hinter mir*?«

»Voll und ganz.«

»Du findest mich wirklich *genial*?«

»Mehr als das.«

»Findest du mich *preiswürdig*?«

»Na klar!«

»Ich meine, *büchnerpreiswürdig*?«

»Es gibt keinen anderen nennenswerten Preis.«

»Wann denkst du, dass ich ihn bekomme?«

»In Bälde, Freund, in Bälde.«

»Ja, dann.«

Ich war irgendwie außer Atem.

»Aufgetankt?«, fragte V.

»Ich denk schon.«

»Na, dafür sind wir ja da.«

»Bis bald«, sagte ich.

»Hoelini«, sagte V.

»Was?«, rief ich, aber er hatte schon aufgelegt, und ich hoffte, dass er nicht »Hoffentlich nicht« gesagt hatte.

9

Hatte er aber nicht. Denn er rief wieder an. Nur zehn Minuten später. Das machte er oft. War so eine Art Trick von ihm. Um den Autoren den Eindruck zu vermitteln, er rufe sie ständig an. Quasi rund um die Uhr. Er habe soeben erfahren, sagte V, dass der Plattner Josef erkrankt sei. Der habe aber am Freitag eine Lesung im *Kurzenberger Büchereck*, jemand müsse einspringen, und da habe er, V, spontan an mich gedacht, eine Lesung, am Freitag, er, V, sei selbst anwesend ...

»Persönlich?«

»Persönlich.«

»Mensch, V.«

»Ich hab dem Kurzenberger versprochen, für Ersatz zu sorgen.«

»Toll.«

»Also: Kannst du Freitag?«

»Klar! Klar! Klar!«

»Der Kurzenberger stellt dich vor. Ich selbst sag nur ganz kurz was zum Verlag. Vorher. Verstehst du?«

»Klar. Und dann sitzt du im Publikum, während ich lese?«

»Logisch. Ich hol dich ab, sagen wir gegen sechs?«

»Was!!??«

»Ich sagte: ...«

»Nein, nein, ich meine: Im Ernst? Toll! Wahnsinn!«

»Heidelberg liegt doch auf dem Weg.«

»Stimmt.«

»Also dann, Freitag um sechs?«

»In Ordnung.«

Sofort war mir klar, dass ich in der nächsten Woche nicht würde schreiben können. Bis Freitag schreiblose Zeit. Man muss nicht immer eine Ausrede suchen, manchmal findet sie sich von selbst. Hier also: ein Treffen mit V. Wenn das keine Ausrede war! Es war mehr: Es war eine Ausnahmesituation. Treffen mit V waren rar gesät. Verdammt rar. Treffen mit V waren Kostbarkeiten. Die Autoren sammelten Treffen mit V wie Edelsteine und zeigten sie einander auf der Buchmesse, um den Neid der anderen zu schüren.

Jetzt also ich. Eine Fahrt. Eine Autofahrt. Mit V. Von Heidelberg nach Klugenheim. Das würde mindestens eine Stunde dauern. Wenn ich Glück hätte, gäbe es Stau, also zwei Stunden. Das war unglaublich! Ich würde zwei Stunden ununterbrochen mit V sprechen können. Sofort begann ich mir Notizen zu machen. Worüber könnte ich mit V während der Fahrt reden? Ich kratzte mir den Kopf. Die Literaturgeschichte! Ja, zwei Literaturbegeisterte unter sich. Ich wollte mir auf keinen Fall eine Blöße geben. Ich beschloss, mit Musil und Joyce zu beginnen, dann über Kafka den Bogen zu Mann zu schlagen, Grass, Böll, Frisch. Das klang nach einem Plan. Und wenn V aus irgendeinem Grund das Literaturgespräch boykottierte? Ich musste einfach wissen, worüber ein Autor mit seinem Verleger sonst noch redet oder sich austauscht im Allgemeinen. So las ich die Autoren-Verleger-Briefwechsel, die ich auf die Schnelle bekommen konnte. Vor allen Dingen diese Unseld-Briefwechsel. Ich las den Unseld-Johnson-Briefwechsel, ich las den Unseld-Koeppen-Briefwechsel, mir schwirrte der Kopf vor so vielen Unseld-Briefwechseln. Ich dachte daran, wie spätere Generationen die Kranich-V-Briefwechsel lesen würden, wobei mir sogleich einfiel, dass V und ich uns noch nie einen Brief geschrieben hatten, höchstens mal E-Mails, ich hatte sie fein säuberlich gespeichert. Im Wesentlichen bestanden Vs E-Mails jeweils aus einem Satz: »Kauf dir die FAZ, die Montalban haut mächtig auf die Kacke.« Oder: »Verbrenn die Süddeutsche und pack die Voodoopuppe aus.« Oder: »Der Pollack hat gesagt, *Schulgeschichten* ist ein dolles Ding.« Unter dem Eindruck der Unseld-Briefwechsel nahm ich mir sofort vor, V fortan Briefe zu schreiben. Vielleicht würde er antworten. Wenn nicht, gäbe es zwar keinen Briefwechsel Kranich-V, aber immerhin eine unbeantwortete Briefsammlung Kranich *an* V. Jedenfalls dachte ich am Freitag, vielleicht wird die heutige Reise, Vs und meine Reise nach Klugenheim, mitten hinein ins berühmte *Kurzenberger Bücher-eck*, der Beginn einer großen Freundschaft, einer Verleger-Autor-Freundschaft, wie sie nicht oft da gewesen ist in der Literaturgeschichte.

»GPS«, sagte V, als ich bei ihm einstieg. Er deutete auf das Gerät vor ihm. »Sensationell. Da gibst du einfach das Ziel ein, dann kommt die Stimme von ner Uschi, und die sagt dir genau, wo's langgeht.«

»Bitte an der nächsten Kreuzung rechts abbiegen«, sagte Uschi.

»Ist ja toll«, sagte ich. »Apropos Kreuzung. Musil gilt ja immer noch als Vertreter…«

»Die hat's total drauf, die Uschi. So über Satellit. Die sagt dir einfach alles. Wenn irgendwo Stau ist, draußen, dann sagt die dir genau, wie du den am besten umfahren kannst.«

»Jedenfalls«, sagte ich, »was ich sagen wollte, als Musil, noch zu Lebzeiten…«

»Bitte ordnen Sie sich jetzt links ein«, sagte Uschi.

»Wahnsinnsstimme, die Uschi, was?«, sagte V.

»Mhm.«

»Würd gern wissen, wie die aussieht.«

»Mhm.«

»Oder ob man die generiert hat, also computergeneriert.«

»Wahrscheinlich.«

»Und?« V schaute vielsagend zu mir. »Wann hast du eigentlich angefangen zu schreiben, mein Lieber?« Er betonte jedes Wort.

»Ich? Ja, da war ich wohl neun oder zehn.«

»Und? Wie hieß dein erster Text?«

»Die rote Sau lässt sie raus.«

»Lässt wen raus?«

»Die Sau.«

»Also: Die rote Sau lässt die Sau raus?«

»Nein. Nur *Die rote Sau lässt sie raus*. Ein Wortspiel. Ich hatte damals zum ersten Mal die Redewendung gehört und hab sie für meinen Text verwendet.«

»Und der hieß: *Die rote Sau lässt sie raus*?«

»Genau.«

»Müsste es nicht eher heißen: Die rote Sau lässt *selbige* raus? Oder: Die rote Sau lässt *sich* raus? Denn wenn die rote Sau *sie* rauslässt, wäre es ja möglich, dass die rote Sau eine andere Sau rauslässt als sich selbst, das heißt, zum Beispiel eine blaue. Kannst du mir folgen?«

»Klar.«

»Wenn die rote Sau aber *sich* rauslässt, lässt sie dieselbe Sau raus, die sie ist. Sie lässt sich selber raus. Die rote Sau lässt die rote Sau raus. Das ist irgendwie stimmiger, authentischer. Eine Sau, die sich selber rauslässt, ist auch origineller als eine Sau, die eine andere Sau rauslässt. Worum ging's denn in dem Text, und wie ist die Sau rot geworden?«

»Ja, ich weiß nicht, das hatte ich von meinem Vater gehört. Der war CDU-Kreisvorsitzender. Hab mir damals eine rote Sau ausgemalt, also eine Sau im Schweinestall am Trog und so, wobei ich sagen muss, dass zum Beispiel Musil auch richtig Schwein hatte, als er ...«

»Bitte jetzt links einfädeln«, sagte Uschi.

»Wie, einfädeln?«, fragte V.

»Keine Ahnung.«

»Und was passierte denn dann, als die Sau die Sau rausließ?«

»Das war ein Wahnsinnstohuwabohu auf dem Bauernhof. Ein Kampf gegen Kühe, die mit ihren Kuhfladen warfen.«

»Mit der Frage nach deinem ersten Text hatte ich eigentlich deinen ersten *literarischen* Text gemeint, Martin.«

»Ach so, der, ja, der.«

Ich dachte fieberhaft nach. Seit dem Text *Die rote Sau lässt sie raus* hatte ich eigentlich nie wieder was geschrieben. Bis zu den *Schulgeschichten*. Das konnte ich schlecht zugeben. Ich musste an meinem Image als Schriftsteller arbeiten. Improvisieren.

»Der erste Text«, sagte ich schließlich, »den man als literarisch bezeichnen könnte«, ich wog jedes Wort achtsam ab, »ist zugleich so persönlich, dass ich ihn nie veröffentlichen würde.« Ich lächelte voller Stolz aufgrund meiner Raffinesse.

»Aha«, sagte V. »Aber *mir* kannste ihn ja mal zeigen, oder?«

»Sicher, sicher«, sagte ich.

»Und worum geht's da?«

Ich schluckte und faselte irgendwas zusammen, Metaphysik, Metaebene, Metalogik. Der Schuss ging nach hinten los.

»Meta, Meta!« rief V, plötzlich lauter. »Es gibt kein

Meta! Meta ist ein Fluss in Kolumbien. Der mündet in den Orinoco. Das ist alles.«

Ich starrte ratlos zu ihm rüber.

»Da unten kann man Piranhas angeln. Schon mal nen Piranha vom Haken genommen, ohne dass er dir in die Flossen beißt?«

Ich schüttelte den Kopf.

»Und denk dran«, sagte V. »Wenn du signierst in dem Laden, schreib deinen Otto auch in alle Bücher, die *nicht* verkauft werden.«

»Wieso?«

»Bekritzelte Bücher können nicht remittiert werden.«

»Ziel erreicht«, sagte Uschi.

V fuhr rechts ran.

Wir standen mitten in der Pampa.

10

Die Lesung begann mit dreißigminütiger Verspätung, was, wie man sich denken kann, die Publikumslaune gründlich verhagelt hatte. Zumal ich weder wie angekündigt Plattner hieß, noch sinnlich-lyrische Gedichte präsentierte. Und man den Leuten nicht mehr rechtzeitig hatte Bescheid sagen können. Also, dass *ich* jetzt da saß. Und nicht dieser Plattner, der von der ZEIT als Begründer der transzendental-ethischen Psycho-Sinnlichkeit gefeiert wurde.

Ich setzte mich direkt auf meinen Stuhl, schaute ins Publikum, sechzig Leute! Eine gewisse Unruhe breitete sich aus, als V fünfundzwanzig Minuten über den Verlag sprach. Es folgte die Einführung des Buchhändlers. So eine Einführung seitens des Buchhändlers, will ich gleich sagen, ist das Wichtigste bei jeder Lesung. Die Einführung seitens des Buchhändlers entscheidet, wie der Abend verläuft. Die Einführung seitens des Buchhändlers ist *alles*. Ausschließlich die Einführung seitens des Buchhändlers ist schuld, wenn der Abend in die Binsen geht, was durchaus mal vorkommen kann. Also gut: Kurzenbergers Einführung? Er begrüßte das Publikum und dann mich mit den Worten, er sei froh, dass ich so kurzfristig zugesagt hätte, aus meinem Roman zu lesen.

»Eigentlich Erzählung«, sagte ich.

»... aus seiner Erzählung zu lesen ...«

»... also längere Erzählung, kein Roman.«

»... aus seiner längeren Erzählung zu lesen, mit dem Titel: *Die Schulgeschichte*.«

»*Schulgeschichten*.«

»Entschuldigung. *Die Schulgeschichten*.«

»Nein. Nur *Schulgeschichten*.«

»... mit dem Titel *Nur Schulgeschichten*.«

»Nein. Ich meine: einfach nur *Schulgeschichten*. Ohne *Die*.«

»Mit dem Titel *Schulgeschichten*.«

Ich nickte, und Kurzenberger drückte sich ein Taschentuch vor die Stirn.

»Kranichs Debütroman ... Debüterzählung ... Also, die längere Debüterzählung von Martin Kranich erzählt sein Leben, also einen Ausschnitt aus seinem Leben, also aus Kranichs Leben, also als Lehrer, also keine Erfindung, also nur die Wahrheit, also autobiographisch quasi. Geboren wurde Kranich 1965.«

»1968«, sagte ich.

»1968. Und zwar in ... das kann ich jetzt kaum lesen ...«

»Quadrath-Ichendorf.«

»Quadrath-Ichendorf.«

»Da ist Podolski aufgewachsen.«

»Aha.«

»Der Fußballer.«

»Ich weiß. Könnte ich jetzt vielleicht weiter?«

»Entschuldigung«, sagte ich.

»Danke. Vor den *Schulgeschichten* hat Kranich noch überhaupt kein Buch veröffentlicht...« Kurzenberger stockte. Er dachte kurz nach. »Eigentlich logisch«, sagte er dann, »sonst wäre es ja kein Debütroman.«

»Erzählung«, sagte ich tonlos und blinzelte ins Publikum.

Die Leute lachten nicht.

Das wird nicht einfach, dachte ich.

Kurzenberger kapitulierte, wandte sich zum Publikum und sagte: »Ich wünsche Ihnen gute Unterhaltung.«

Appläuschen.

Räuspern meinerseits.

Ich las die ersten zehn Zeilen.

Keine Reaktion.

Mein Gott, dachte ich.

Irgendwie musste ich das Eis brechen.

Und plötzlich erinnerte ich mich an einen Witz, der mir auf der letzten Lesereise spontan unterlaufen war und der damals für einen Riesenbrüller gesorgt hatte, sodass der Bann für den Abend gebrochen war. Ja, dachte ich, den spontanen Witz, den kann ich doch jetzt einfach hier wiederholen! Damals, in Wien, hatte ich einen Frosch im Hals gehabt, alles Räuspern half nichts, auch das Wassertrinken half nichts, es blieb mir nichts übrig, als kräftig zu husten und ins Mikrofon zu sagen: »Tut mir leid, ich hab nen Frosch im Hals.« Heute, im *Kurzenberger Büchereck* hatte ich zwar keinen Frosch im Hals, aber ich *tat so*, als hätte ich einen Frosch im Hals und hustete und räusperte mich und trank Wasser und sagte, wie damals, in Wien: »Tut mir leid, ich hab nen Frosch im Hals.« Und dann rückte ich mit meinem scheinbar spontanen Witz raus, indem ich – wie damals in Wien – sagte: »Kann schon mal vorkommen. Vor allem bei nem Kranich.« Damals, in Wien: brüllendes Gelächter. Heute, im *Kurzenberger Büchereck*: eisiges Schweigen. Mir wich das Blut aus dem Kopf.

»Na ja«, sagte ich. »War kein guter Witz.«

Weiterhin Schweigen.

»Ich wollte Ihnen mit dem schlechten Witz eigentlich nur das Gegenteil dessen vor Augen führen, was Sie heute Abend erwartet.«

Keine Regung.

»Also gut«, sagte ich, »dann lese ich jetzt einfach mal weiter.«

Und ich las. Nach jedem Satz blickte ich panisch ins Publikum, um zu sehen, ob sich nicht vielleicht der Anflug eines Lächelns auf irgendwelchen Publikumslippen zeigte. Nichts. Kein Lachen. Nur V machte ab und zu *Hohoho*, aber das ähnelte mehr dem Grummeln von Santa Claus als einem Lachen. Ich kroch immer mehr in die Köpfe der Zuhörer. Genauestens registrierte ich jede ihrer Regungen und deutete sie. Während ich scheinbar voll konzentriert bei dem war, was meine Lippen hervorbrachten, dachte ich gleichzeitig und ständig und ohne Unterbrechung daran, *was jetzt wohl die Zuhörer dachten*. Ich fragte mich, weshalb der Kerl da drüben den Mund verzog? Oder weshalb die Frau da so unverblümt zum Schaufenster rausguckte? Eine andere Frau hatte die Augen zu: Schläft die oder konzentriert die sich? Nein, die Lesung im *Kurzenberger Büchereck* ließ keinen Raum für beschönigende Interpretationen. Mittendrin stand ein Zuhörer auf, ging zur Buchhändlertheke und gab kopfschüttelnd das *Schulgeschichten*-Buch zurück, das er vorschnell gekauft hatte. Die Kasse klingelte traurig, als Kurzenberger dem Mann das Geld wieder auszahlte. Immerhin verließ der Zuhörer nicht gleich die Buchhandlung, wenn er auch, statt weiter in meine Richtung zu gucken, den Blick über das Regal mit den Neuerscheinungen schweifen ließ, um hin und wieder eins rauszugreifen und durchzublättern. Auch der Applaus am Ende der Veranstaltung ließ zu wünschen übrig: Es gab keinen. Nur der Buchhändler klatschte in die Hände, ehe er, als er merkte, dass keiner ins Klatschen einfiel, das Anerkennungsklatschen in ein Aufforderungsklatschen wandelte und das Publikum mit den Worten entließ: »So, Leute, das war's.«

Nach der Lesung raffte Kurzenberger rasch die *Schulgeschichten*-Exemplare zusammen, um zu verhindern, dass ich sie signierte. Er hatte kein einziges Exemplar verkauft. Er steckte die Bücher in einen Karton, verklebte ihn und schrieb mit Edding drauf: *Remitten-*

den. Mir kam es vor, als sei ich bei einer Beerdigung. Mehr noch, ich dachte, vielleicht steht dereinst auf meinem eigenen Grabstein die Abkürzung REM statt RIP. V, der Kurzenberger gerade noch rechtzeitig die für mich bestimmte Flasche Wein aus der Hand hatte reißen können, legte mir im Vorbeigehen kurz und tröstend, wie mir schien, den Arm um die Schultern, führte dann aber mit Frau Kurzenberger ein angeregtes Gespräch. Ich stand allein dort, mit dem Glas Wasser in der Rechten, mein Buch unter die schweißnasse Achsel geklemmt. Kurzenberger räumte mit den Mitarbeitern die Stühle weg. Ich fragte, ob ich ihnen helfen könne.

»Nein«, sagte Kurzenberger, »das schaffen wir auch ohne Sie.«

11

Statt zu schreiben verbrachte ich immer mehr Zeit mit Tamara. Musste ihr beim Tragen helfen. Bei allem anderen auch. Wochenlang durchstreiften wir das Babycenter und kauften alles ein, was nicht niet- und nagelfest war, auf Kredit von Tante Erna, den sie uns freundlicherweise gewährte, weil wir beide recht klamm waren. Nach kurzer Zeit erlagen wir einem Kaufrausch, nicht irgendeinem Kaufrausch, sondern einem Nur-das-Beste-für-das-Kind-Kaufrausch. Ich muss sagen: Es gibt wohl keinen einfacheren Beruf als den Beruf des Babysachenverkäufers. Denn eins ist sicher: Eine Schwangere kann einem nichts abschlagen. Und diese Tatsache hatte sich ganz offensichtlich auch der *World Wildlife Fund* zunutze gemacht. Die mussten irgendwie den Rechner von Tamaras Frauenarzt geknackt haben. Und schickten Tamara aus heiterem Himmel einen Brief. Es ging um die Tibetantilope. Tamara hatte das Bild gesehen, natürlich das Bild einer neugeborenen Tibetantilope: Mit dreißig Euro, hieß es, retten Sie eine Tibetantilope vor dem Tod. Tamara spendete. Fortan kam alle zwei Tage ein weiterer Brief vom WWF. Ostseewal, Nasenaffe, Amazonas-Manati, Zitteraal, Schlangenhalsschildkröte, Leistenkrokodil, Quittenwaran, der

Graue Kranich. Jedes Mal stiegen Tamara Tränen in die Augen, und sie wollte dreißig Euro spenden, woran ich sie nur mit Mühe hindern konnte, und ab dem Zitteraal warf ich die Briefe einfach in den Müll, ohne sie ihr zu zeigen. Als wir weiterhin von Briefen bombardiert wurden, setzte ich ein Schreiben an den WWF auf, in dem ich betonte, wie toll ich die Absicht fände, bedrohten Tieren zu helfen, und wie unsinnig die Umsetzung, nämlich das Spendengeld für Druckkosten, Post- und Werbesendungen auszugeben. Man schickte einen langen Entschuldigungsbrief und einen Bildband *Bedrohte Tierwelt*. Ich schrieb zurück: Jetzt sei nicht nur *unsere* Kohle verpulvert, sondern auch noch die eines weiteren Spenders. Wir würden nichts mehr hören wollen vom WWF. Wir würden spenden oder nicht spenden, und damit basta. Keine Werbung, keine Bildbände! Nichts! Dann kam auch nichts mehr. Kein Brief, keine Werbung. Ich hörte aber förmlich das Zähneknirschen der WWF-Werbemaschinerie, die sich nur mühsam zurückhalten konnte, und ich hatte damals keine Ahnung, dass die Sache noch längst nicht ausgestanden war ...

»Und?«, fragte Tamara.

»Was und?«

»Wolltest du nicht ausziehen?«

»Na ja, schon. Aber wovon soll ich die Miete zahlen?«

»Keine Ahnung.«

»Wird schon irgendwie gehen hier«, sagte ich.

»Bist du sicher?«

»Ich bin realistisch.«

»Dann sag mal: Was macht das Schreiben?«, fragte Tamara.

»Na ja«, sagte ich.

»Klappt's?«

»Vielleicht, wenn ich Zeit hätte.«

»Die musst du dir nehmen.«

Tamara hatte recht. Ich musste mal wieder fliehen, innerlich fliehen, das heißt, Tamara gegenüber durch eine gewisse Distanz signalisieren, dass ich durchaus gewillt war, ein Leben außerhalb ihrer Geburtsvorbereitung zu führen. Ich beschloss, mich einzuschließen, sechs Stunden am Tag, rigoros. Das, dachte ich, ist jetzt deine Zeit, die persönliche Kranich-Zeit, die Zeit, die du zu nutzen hast, die Zeit des Schreibens, die Schreibzeit, verdammt noch mal, warum muss ich mich eigentlich immer so unendlich oft wiederholen, warum ist da dieser Zwang in mir, das Gleiche zu sagen mit unterschiedlichen Worten, ich weiß, dass ich das nicht darf, trotzdem tue ich es, ich weiß, dass die Kritiker sich auf diese Schwäche meinerseits gestürzt haben und sofort wieder stürzen werden, dieser pathologische Wiederholzwang, dieser krankhafte Repetitionswahn, da, schon wieder! Wenn man einmal die Kritiker gehört hat, hört man sie eigentlich immer beim Schreiben. Denn ist man einmal durch den kompletten Literaturbetrieb durchgereicht worden, schafft man es nicht mehr, die Stimmen während des Schreibens auszublenden. Nicht nur die Stimmen der Kritiker, auch die Stimmen der Leser und Zuhörer, die Stimme Vs, ja, ich höre sogar die Stimme meines Agenten, obwohl ich ihn längst gefeuert habe, ich höre gar nicht mehr auf, Stimmen zu hören, und das ist natürlich dem Schreiben nicht gerade zuträglich.

So saß ich also immer noch vor dem ersten Satz meiner Graf-von-Saint-Germain-Dekalogie: »Geboren wurde er auch.« Das hatte ich anfangs für einen ungeheuer guten Einstieg gehalten, jetzt aber, je öfter ich den Satz las, mischten sich umso heftiger die kritischen Stimmen unter das Geschriebene. Zunächst wurde der Satz im Ganzen verdammt. Dann die Umständlichkeit, mit einem Partizip anzufangen! Das erste Wort ein Partizip, das gehe überhaupt nicht! Ich dachte, wenn ich wieder schreiben will, ohne den vielfältigen Chor der Stimmen im Kopf, dann muss ich die Bedeutung dessen, was ich schreibe, erst mal außer Acht lassen. Denn ohne Bedeutung dürfte es auch keine Einwände geben, die sich gegen die Bedeutung richten. Nicht nur die Sätze und deren Sinn musste ich außer Acht lassen, nein, auch die kleinsten Bedeutungsträger, die einzelnen Wörter. Folglich, dachte ich weiter, darf ich mich eigentlich nur noch von Buchstaben zu Buchstaben hangeln. Ich muss mich vom völlig bedeutungslosen Erscheinen der Buchstaben auf dem Blatt überraschen lassen. Also begann ich mit

G, aber schon hörte ich eine Stimme, G gehe gar nicht, das Buch heiße ja *Der Graf*, da habe man das G quasi schon im Titel, da könne man nicht auch noch mit einem G den Text anfangen, da müsse man einen anderen Buchstaben wählen. So wählte ich A, was einen empörten Aufschrei nach sich zog, A, hieß es, sei der schlimmste aller möglichen Anfangsbuchstaben für einen Roman, A sei der abgegriffenste Anfang, A scheide per se aus, A sei der Anfang des Alphabets, der Anfang des Worts Anfang, A sei der Anfang von Alpha und Omega, A, das gehe gar nicht, dann schon lieber G.

Ich schaute ein letztes Mal auf den Bildschirm. Dann drückte ich die Löschtaste. Fuhr den Computer runter. Lochte meine Exzerpte: dreihundert Seiten. Lochte die Exzerpte der Exzerpte: siebzig Seiten. Ordnete sie ein. Packte den Ordner weg. Das war's also, dachte ich. Der Graf von Saint-Germain ist gestorben. Also gescheitert. Also für mich. Zumindest im Augenblick. Denn es blieben nur noch zwei Wochen bis zur Geburt. Zwei Wochen, dachte ich. Was kann man in zwei Wochen schon schreiben? Ich brauchte irgendwas, was ich V würde vorlegen können. Irgendwas, was schnell ging und Kohle einbrachte. Ich brauchte einen literarischen Quickie.

Und dann kam mir die Idee.

Ganz plötzlich.

Nach dem Runterfahren des Computers fühlte ich mich seltsam träge und schaltete einfach mal den Fernseher ein, meinen kleinen Fernseher von Orion, mit Zimmerantenne. Was lief? Die Tour de France. Eine Wiederholung der besten Szenen des Tages. Unterbrochen von Interviews zum Dopingskandal. Die Kommentatoren waren sich einig, dass *alle* dopten. Der zweite oder dritte Platz war nicht mehr interessant, hieß es, nur der Sieg zählte. Nur der Beste zu sein, war wirklich gut. Und der Beste zu sein ging halt nur mit Doping.

Ich sprang hoch. Die ganze Zeit hatte alles direkt vor meiner Nase gelegen, und ich hatte es übersehen! Mein Problem: Ich konnte nicht schreiben, ich musste aber schreiben, und zwar schnell und gut, um Geld zu verdienen und aus der Hütte hier ausziehen zu können, ehe das Kind kam. Die Lösung: Ich musste nachhelfen. Hatten nicht Heerscharen von Schriftstellern, ja, im Grunde genommen *alle* bedeutenden Schriftsteller nachgeholfen? Alkohol, Nikotin, Tabletten, Kokain, LSD, Heroin, Opium, was weiß ich. Aber mit den neuesten Erkenntnissen, beim heutigen Stand der Wissenschaft, da war das doch Kindergeburtstag! Firlefanz! Da könnte sich ein Hemingway noch so viele Mojitos hinter die Binde kippen, wenn er noch lebte (interessant, dachte ich, wäre eine Untersuchung der Nüchternheit des Hemingway-Stils im Vergleich zur Besoffenheit des Hemingway-Kopfs beim Schreiben), nein, mir, dachte ich, mir, Kranich, dem ersten präfuturistischen Autor des einundzwanzigsten Jahrhunderts, mir standen völlig andere Mittel zur Verfügung! Alkohol, Nikotin, Drogen! Das war doch lächerlich! Nein! Hirnforschung!, schrie ich innerlich auf. Hirndoping! Das ist das Zauberwort. Da braucht man gar keine Umwege mehr, da geht man gleich ran an die Rezeptoren! An die Quelle! An die Synapsen! Und das Allerbeste war: Ich kannte einen Fachmann! Sebastian Pfeifer! Ich musste ihn nur fragen. Er wäre ohne Zweifel begeistert! Würde sofort anbeißen, wenn ich mich zur Verfügung stellte. Zur Hirnmanipulationsverfügung.

12

Ich schnappte mir zwei Saunatücher – zufällig war Dienstag –, stürmte aus dem Haus, an Tante Erna vorbei, ohne ihr die geringste Beachtung zu schenken, sofort rein ins Fitnessstudio. Dort erst sah ich auf die Uhr: Es war sechs. Pfeifer würde gewöhnlich so gegen sieben kommen. Eine Stunde musste ich mich im Saunabereich tummeln, ich las die dort ausliegende FAZ, in der unter anderem auch ein Artikel zur Hirnforschung stand, Thema: *Der freie Wille*. Um sieben kam Pfeifer.

»Herr Pfeifer!«

»Herr Kranich?«

Noch waren wir allein.

»Ich hab nachgedacht«, sagte ich.

»So?«

»Über mein Hirn.«

»Und?«

Dann rief ich: »Es gibt keinen freien Willen!«

Pfeifer nickte bedächtig und sah mich aufmunternd an.

»Haben Sie«, sagte ich, »Herr Pfeifer, ich meine, haben Sie Lust, also, können Sie sich vorstellen, *an einem lebenden Menschen zu experimentieren*?«

»Das tun wir ständig. Meinen Sie, wir haben unsere Ergebnisse nur Ratten und Affen zu verdanken?«

»Ich stelle mich zur Verfügung!«, rief ich.

»Wofür?«, fragte er.

»Ich will schreiben. Dazu brauch ich meinen Kopf. Frisieren Sie ihn!«

»Frisieren?«

»Also, ich meine, von innen, Sie verstehen? Frisieren wie Auto, nicht wie Frisör. Ich meine, hauen Sie mir da irgendwas rein! Damit ich etwas schreibe, was es noch nie gegeben hat!«

»Klingt interessant.«

»Ich hab davon gelesen. Hirndoping. Dopamin. Serotonin. Was weiß ich. Geben Sie mir irgendwas. Ich will es!«

»Das würde zu lange dauern«, sagte Pfeifer, aber ich sah, wie er Feuer fing. »Ich hab eine viel bessere Idee.«

»Was denn?«

»Transkranielle Magnetstimulation.«

»Aha.«

»Da gibt's allerneuste Entwicklungen!«

»Ehrlich?«

»Sind Sie bereit?«

»Immer.«

»Dann kommen Sie morgen Abend gegen acht.«

»Wollen Sie mir nicht sagen, was das bedeutet?«

»Nein. Morgen ist morgen, und heute ist heute.«

»Was?«

»Das heißt: Ich will in Ruhe den Aufguss genießen.«

Am nächsten Abend fuhr ich nach Neuenheim. Keine Villa, aber ein stattliches, frei stehendes Haus. Vier Parteien wohnten dort. Ich klingelte bei Pfeifer. Er öffnete sofort. Ich dachte, er würde mir erst mal seine Wohnung zeigen oder was zu trinken anbieten, aber nichts dergleichen, er hatte schon seinen Mantel an, schloss hinter sich ab, führte mich wortlos zum Auto, wir stiegen ein und fuhren Richtung Neuenheimer Feld.

»Trans...was?«, fragte ich.

»Transkranielle Magnetstimulation.«

Er erzählte mir von der absoluten Harmlosigkeit der Methode und davon, was für bombastische Erfolge man bislang schon erzielt hätte. Man könne inzwischen alle möglichen Neurone erregen oder hemmen, alle möglichen Funktionen blockieren oder stimulieren, und das Wichtigste: Es sei ein nicht-invasives Verfahren...

»... nicht-invasiv?«

»Man muss nicht mehr direkt ins Hirn reingehen.«

»Wie, reingehen?«

»Mit Elektroden.«

»Ehrlich?«

»Bei Laborratten.«

»Ach so.«

»Wir müssen Ihnen auch keine radioaktiven Marker mehr spritzen...«

»Klingt gut.«

»Alles längst Geschichte«, sagte Pfeifer, »alles überholt. *Tiefenstrukturstimulation* heißt das Zauberwort.«

Ich nickte.

Wir erreichten das Institut, Pfeifer stellte den Wagen ab, wir durchwanderten die universitären Labyrinthe, stiegen Treppen hoch und wieder runter, in manchen Laboren wurde noch gearbeitet. Pfeifer schloss eine Tür auf, führte mich hinein, wir waren allein.

»Keine Assistenten?«, fragte ich.

»Schon mal auf die Uhr geschaut?«

Im neongrellen Raum standen zwei schulterhohe Stühle Rücken an Rücken, umgeben von allerhand Monitoren und Tastaturen. Dann zeigte Pfeifer mir die Kappe. Behutsam zog er sie aus der Folie. Das Ding sah aus wie eine gewöhnliche Baseballkappe, deren Schirm man entfernt hatte. Ich müsse sie nur aufsetzen, sagte Pfeifer, er werde dann die entsprechenden Signale senden und für Hemmung oder Erregung der Hirnareale sorgen. »Squids!«, fuhr Pfeifer fort. »Supraleitende Magnetspulen, berührungslos, da kann man gezielte Impulse auf Nervenzellen oder Nervenzellgebiete richten, man kann ganze Areale blockieren oder reizen, und *gleichzeitig* werden die Aktivitäten registriert! Das ist das Revolutionäre! Stimulation und Empfang *in einem*! Die Signale werden direkt in meinen Computer geleitet, ich kann Ihre Hirnaktivitäten minutiös verfolgen. Sie müssen nur noch tippen ...«

»Und was soll ich tippen?«

»Schreiben Sie einfach drauflos.«

»Ins Blaue hinein?«

»Ja. Ganz aus dem Bauch raus.«

»Nicht aus dem Kopf?«

»Herr Kranich!«

»Schon gut. Welche Regionen des Hirns werden Sie denn erregen oder hemmen?«, fragte ich.

Bei dieser Frage leuchteten Pfeifers Augen auf. Das sei, sagte er, ein weites Feld. Eine Entdeckungsreise. Herkömmliche Magnetstimulation reiche nur zur oberen Schicht, sprich Parietal-, Frontal-, Temporal- und Okzipitallappen. Mit der von seinem Labor brandneu entwickelten Kappe könne man nun auch alles darunter Liegende reizen oder blockieren, zum Beispiel Basalganglien, Substantia alba, Amygdala, Hippocampus, das ging eine Weile so weiter. Ich ächzte unter dem Gewicht der Begriffe und erinnerte mich an meine Hirnforschungsrecherchen: Schon damals hatte ich kaum was verstanden.

»Herr Pfeifer!«, rief ich. »Das ist doch viel zu prosaisch!«

»Bitte?«

»Und viel zu kompliziert! Wer interessiert sich heute noch für Einzelheiten!? Einzelheiten fordern Auseinandersetzung. Auseinandersetzung bedeutet Arbeit. Wir leben im Schubladenzeitalter. Es geht um Schlagworte, um mediale Verwertbarkeit. Vereinfachung! Es gibt doch diese zwei Hirnhälften. Linke Hemisphäre, rechte Hemisphäre. Kann man nicht zum Beispiel, sagen wir, die linke Hemisphäre komplett blockieren? Dann käme der *erste rechtshemisphärische Roman* der Literaturgeschichte dabei raus. Das wär ein Ding! So was wär erfolgversprechend!«

»Ja, aber ...«

»Kann man oder kann man nicht?«

»Nein. Kann man nicht.«

»Wieso nicht?«

»Vereinfacht gesagt: Wenn ich die komplette linke Hälfte blockiere, können Sie nicht mehr sprechen. Geschweige denn schreiben.«

»Und wenn Sie die rechte Hälfte blockieren?«

»Das ist noch komplizierter. Wenn ich die komplette rechte Seite blockiere, dann ...«

»Sie müssen ja nicht gleich die *ganze* Seite blockieren. Vielleicht nur ein bisschen was! Hauptsache, sie blockieren die Hirnlappen ausschließlich auf *einer* Seite. Dann kann ich später immer noch guten Gewissens sagen: *Rechtshemisphärischer Roman. Halber Roman. Gespaltener Roman. Geteilter Roman.* Das sind ja Titel *en masse*!« Ich verliebte mich immer mehr in meine Idee. »Also!«, rief ich. »Fangen wir an?«

»Was, *jetzt*?«

»Warum nicht?«

»Nein, nein«, sagte Pfeifer. »So geht das nicht. Das hier war nur ein Informationsgespräch. Damit Sie wissen, worauf Sie sich einlassen.«

»Aber ich bin doch bereit!«

»Ich wollte Ihnen nur alles zeigen und erklären. Schlafen Sie noch mal eine Nacht drüber. Ich denke, das ist besser so. Ich bin auch noch nicht hundertprozentig vorbereitet. Morgen können wir loslegen. Kommen Sie um zehn bei mir vorbei! Dann fahren wir gemeinsam ins Institut.«

Ich nickte.

Pfeifer zeigte mir den Weg zum Bus.

Wieder zu Hause, ging ich in die Küche, trank eiskalte Milch und wollte gerade in mein Zimmer, als ich auf dem Boden ein Zettelchen liegen sah. Ein kleines, gelbes Zettelchen. Es musste wohl vom Tisch gefallen sein. Ich hob es auf: *Bin zur Entbindung. Tamara.* Erst nach einigen Sekunden gelangte die Bedeutung des Gelesenen in mein Hirn. Ich erschrak und fragte mich, wann ich Tamara das letzte Mal gesehen hatte. Gestern? Ich schaute auf die Uhr, es war halb elf, ich griff zum Telefon, rief die Auskunft an, ließ mich mit dem Krankenhaus verbinden, Tamara lag schon auf dem Zimmer, alles in Ordnung, sagte sie, aber sie sei müde, ich solle sie erst morgen besuchen.

»Glückwunsch!«, sagte ich noch.

Dann legte ich auf.

Bin zur Entbindung. Tamara.

Das, dachte ich, war mal wieder typisch.

13

Im Krankenhaus schoben Frauen rollbare Kästen mit neugeborenen Kindern den Flur entlang, weibliche Charlie Chaplins in Badelatschen-Zeitlupe, mit gepolstertem Po und herabhängendem Bauch, den der Bademantel kaum verbarg. Alle wirkten erschöpft. Irgendwie verständlich. Und alle waren bleich um die Nase. Als wären sie einem Gespenst begegnet. Aus den Mündern der Besucher wehte mir gleich das gesamte Baby-Bewertungsvokabular entgegen: goldig, (herz)allerliebst, wunderschön und vor allen Dingen süß. Im Grunde genommen, dachte ich, ist die Babybenotung die Urinitiation des Menschen, das allererste Urteil, die erste Anerkennung, quasi der erste Unterrichtsbesuch, die erste Rezension, die erste Einschätzung als Mensch, noch keine paar Stunden ist das Kind alt, schon bekommt es den Stempel, das erste Zeugnis, das wichtigste, das Aussehzeugnis.

Tamara lag in einem Dreibettzimmer. Neben ihr zwei weitere Frauen. Die Kinder in kleinen Glaskästen.

»Das ist Jana«, sagte Tamara. »Russische Sälle.«

»Ziemlich klein«, sagte ich, weil ich nicht wusste, was ich sagen sollte. Tamara legte Jana auf ein Kissen und reichte sie mir. Ich setze mich auf Tamaras Bett. Aus der

Ferne vernahm ich ihre Stimme: Fruchtblase, Wehencocktail, PDA, Größe, Gewicht, Kopfumfang …

Ich schaute nicht zur Uhr.

Ich schaute nur auf Jana.

Strich ihr mit dem Zeigefinger über die Wange.

Fünf Minuten vergingen.

Vielleicht zehn.

Also höchstens fünfzehn.

»Wie spät ist es?«, fragte ich Tamara irgendwann.

»Halb elf.«

»Was!? Ich war um zehn verabredet!«

»Ne ganze Stunde lang hast du einfach nur dagehockt.«

Ich riss mich los, legte Jana zurück ins Bettchen, blieb noch eine Weile am Bettchen stehen, riss mich noch einmal los, ging zur Tür, blickte zurück, blieb an der Tür stehen, winkte, riss mich ein drittes Mal los, verabschiedete mich und fuhr endlich zu Pfeifer. Ich entschuldigte mich für die Verspätung. Ich war ein wenig aufgeregt, man weiß ja nie, was auf einen zukommt, wenn man sich in die Klauen der experimentellen Wissenschaft begibt, aber Pfeifer war mir sympathisch, und ich vertraute ihm. Auf dem Weg zum Institut redeten wir. Ich weiß nicht, wie Pfeifer auf den Geniekult zu sprechen kam. Er hasse diesen Geniekult, sagte er, es gebe keine Genies, Genies seien nichts weiter als Menschen, denen im Kopf etwas fehle. Das sei nichts als eine Deformation im Hirn, die sie von anderen Menschen unterscheide. Jeder Künstler, sagte er, könne im Grunde genommen hirnphysiologisch durchleuchtet werden, und man solle endlich aufhören, um die Kunst so ein großes Bohei zu machen! Wenn man wisse, wie der Hase hüpfe, könne *jeder* künstlerisch tätig sein, was durch die Experimente, die von heute an durchzuführen seien, bewiesen werden solle. Er wolle zunächst eine von ihm aufgestellte Arbeitshypothese prüfen, und Pfeifer dozierte, dass *jedes* wissenschaftliche Experiment dringend einer Arbeitshypothese bedürfe und keinesfalls ins Blaue hinein durchgeführt werden könne, denn man müsse *vorher* wissen, welches Ergebnis man *erwarte*, um dann eine Bestätigung oder eine Widerlegung des erwarteten Ergebnisses zu erhalten, und ich dachte, während Pfeifer weiterredete, an meine Zeit in Göppingen und im Referendariat, ich dachte an die Lösungserwartungen, mit denen ich die Schüler hatte quälen müssen, überlegte, was Pfeifer wohl mit *von nun an* meinte und wie lange die Experimente dauern würden, und auf diese Weise bekam ich nichts von dem mit, was Pfeifer über seine Arbeitshypothese sagte, hörte nur ab und zu Wörter wie *Zwang, zwanghaft, präfrontaler Kortex* und so weiter, und dann sah ich plötzlich wieder Jana vor mir, immer wieder Jana, Jana, Jana, und ich versuchte krampfhaft, ihr Bild aus dem Kopf zu bekommen und mich zu freuen auf den Augenblick des Wegtauchens unter der Magnetkappe.

»Sind Sie soweit einverstanden?«, fragte mich Pfeifer.

»Klar«, sagte ich und hatte keine Ahnung, womit.

Es war zwölf Uhr inzwischen, wir hatten aus der Cafeteria Sandhexen geholt und je ein Stück kalte Pizza.

»Dann müssen Sie nur noch hier unterschreiben.«

»Warum unterschreiben?«

»Hab ich Ihnen doch erklärt.«

»Ach so, ja. Gut, von mir aus.«

Ich unterschrieb.

Und so ging es los.

Pfeifer führte mich ins Labor und setzte mir die Kappe auf. Es fühlte sich zunächst an wie eine ganz normale Lederkappe. Wir saßen Rücken an Rücken. Auf seinen Monitoren, sagte er, werde sowohl das Geschriebene erscheinen als auch das Feuern meiner Neuronen, die Aktivitätensteigerungen, die …

»Schon gut«, sagte ich.

»Sind Sie bereit?«

Ich nickte.

Pfeifer hantierte in meinem Rücken. Ich wartete. Zunächst geschah nichts. Ich dachte, das muss doch jetzt irgendwann mal anfangen! Ich schob mir einen Kaugummi zwischen die Zähne.

»Mensch!«, hörte ich Pfeifer rufen. »Is ja n Ding!«

Ich mach doch noch gar nichts, wollte ich sagen, blieb aber still, denn jetzt merkte ich die Strahlen. Die juckten und kitzelten an meiner Hirnrinde, und plötzlich hatte ich das Gefühl, mich zu verlieren, ich saß auf dem Stuhl und wusste nicht mehr, wer ich war, irgendwas verschob sich in meinem Kopf, und ich erinnere mich nur noch daran, dass ich rasch zu tippen begann, danach wusste ich nicht mehr, was ich tat, während ich dort saß und Pfeifer sich am Neuronenfeuer wärmte. Pfeifer befreite mich erst am Abend von meiner Kappe, weil ich, wie er sagte, seltsame Verrenkungen vollführte. Auf der Toilette spuckte ich meinen Kaugummi aus und entleerte mich. Ich warf mir Wasser ins Gesicht und ging zurück. Ich hätte wie im Rausch geschrieben, sagte Pfeifer. Ohne Pause, fünf Stunden. Tatsächlich merkte ich jetzt eine Verkrampfung in den Fingern.

»Und?«, fragte ich. »Was hab ich geschrieben?«

»Wahnsinn!!«, rief Pfeifer.

»Wie ist es?«

»Beeindruckend! Meine Arbeitshypothese …«

»Bitte?«

»Meine Arbeitshypothese, Sie erinnern sich?«

»Ach so, ja, die, genau.«

»Hat sich bestätigt!«

»Ehrlich?«

»Genau so, wie ich's vorausgesehen habe.«

»Ist ja toll.«

»Ich bin völlig begeistert!«

»Und das Neuronenfeuer?«

»Feu*ern*!«

»Das Neuronenfeuern?«

»War vollkommen *anders*, als ich's erwartet hab.«

»Ist das jetzt gut oder schlecht?«

»Das ist *revolutionär*!«

»Sie haben den Text mitgelesen?«, fragte ich.

»Klar. Das war leicht.«

»Wie viel hab ich denn geschrieben?«

»169 Seiten.«

»169 Seiten!!?? In fünf Stunden!!??«

»Ja. Es ist alles gespeichert.«

»Wo?«

»Hier. Diese Datei.« Er zeigte mir, als wolle er das Wort nicht aussprechen, eine Datei mit dem Namen *Jana*.

»Jana?«

»Das ist der Titel. Wollen Sie mal reinschauen?«

»Nicht nötig!«, rief ich, begeistert, berauscht, besoffen vom Resultat des Experiments, vom überwältigenden Ergebnis der 169 Seiten. »Sind Sie online?«, fragte ich.

»Klar«, sagte Pfeifer.

»Darf ich eine E-Mail schreiben?«

»Wie Sie wollen.«

»Welche Hirnseite haben Sie bevorzugt blockiert?«

»Stimuliert.«

»Von mir aus. Also welche?«

»Hm. Das kann man so nicht exakt ...«

»Die rechte oder die linke?«

»Wenn Sie mich so fragen: eher die linke.«

Ich setzte mich und schrieb V eine E-Mail. »Hier«, schrieb ich, »mein lieber V, sende ich dir den ersten *linkshemisphärischen Roman* der Literaturgeschichte. Mach nen Bestseller draus, Gruß, M.« Dann hängte ich die *Jana*-Datei als Anhang an die E-Mail und drückte auf Senden.

14

Mit mir als Ersatzpapa war Tamara im Großen und Ganzen zufrieden. Wenn man von dem Morgen absieht, als sie mich mit Jana beim Singen erwischte. Ich muss zu meiner Verteidigung sagen, dass ich weder Kinderlieder konnte noch mochte, noch große Lust hatte, welche auswendig zu lernen. Es blieb mir folglich keine Wahl: Ich musste ein Kinderlied erfinden. Ich fing an mit einem pausbäckigen Äpfelein, das einsam und allein an einem Baum hing und sich seines Apfellebens freute, und in dem Apfel wohnte ein kuschliges, kugelrundes, süßes Würmchen mit Kulleraugen, es saß am Fenster seines Apfels und schaute zufrieden in die Welt hinaus, bis zu dem Tag, da es das Apfelfenster öffnete und sich hinauslehnte. An dieser Stelle wusste ich nicht so recht, wie es weitergehen sollte. Ich dachte, es fehlt ein Spannungselement, und da meine Schwester, die mir selig zugelächelt hatte, den Raum gerade verließ, wagte ich den Vorstoß, den Wurm einem Vögelchen begegnen zu lassen, was zwangsläufig dazu führte, dass der Vogel das Würmchen aus dem Apfelhaus zupfte und mit ihm davonflatterte. Vor der zweiten Strophe hielt ich kurz inne, um die Wirkung auf Jana zu überprüfen. Die keckerte vor Vergnügen. Na ja, dachte ich, erstens muss man schon als Kind auf die Härten der Welt vorbereitet werden, und zweitens versteht sie ohnehin nichts von dem, was ich singe, sie achtet ja doch nur auf den Ton meiner Stimme.

Ich hatte das schon mal ausprobiert, als ich ihr eine Gutenachtgeschichte vorgelesen hatte. Eigentlich war das noch viel zu früh für Gutenachtgeschichten, aber ich dachte, warum nicht, sie hört meine Stimme und ist ruhig, und ich wählte nicht so etwas wie *Die kleine Raupe Nimmersatt*, sondern Martin Heideggers Vortrag *Das Ding*, den ich in einem Sprachanalyseseminar (Germanistik) mühsam hatte auseinandernehmen müssen, ohne die Worte allerdings je richtig zu verstehen. Ich hatte Jana also einen Teil der Seite 173 vorgelesen (aus Martin Heidegger. *Vorträge und Aufsätze*. Verlag Günther Neske. Pfullingen 1954): »Die Vierung west als das ereignende Spiegel-Spiel der einfältig einander Zugetrauten. Die Vierung west als das Welten von Welt. Das Spiegel-Spiel von Welt ist der Reigen des Ereignens. Deshalb umgreift der Reigen auch die Vier nicht erst wie ein Reif. Der Reigen ist der Ring, der ringt, indem er als das Spiegeln spielt. Ereignend lichtet er die Vier in den Glanz ihrer Einfalt. Erglänzend vereignet der Ring die Vier überallhin offen in das Rätsel ihres Wesens. Das gesammelte Wesen des also ringenden Spiegel-Spiels der Welt ist das Gering. Im Gering des spiegelnd-spielenden Rings schmiegen sich die Vier in ihr einiges und dennoch je eigenes Wesen. Also schmiegsam fügen sie fügsam weltend die Welt.« Jana war bei diesen Assonanzen auf i sofort eingeschlafen, ich dagegen hatte immer noch nichts verstanden und war froh, nicht Philosophie studiert zu haben.

Jetzt, bei meinem selbst gemachten Kinderlied, ergab das eine das andere, irgendwie machte sich der Plot selbständig, und nachdem das Vögelchen das Würmchen weggeschlabbert hatte, stürzte also ein Falke aus heiterem Himmel, schnappte das Vögelchen und flog mit ihm von dannen, nicht allzu weit, bis dann der Adler auftauchte und das Fälklein fing, doch leider horchte Tamara genau in dem Augenblick an der Tür, als das Psychopathlein kam, das den Wilderer massakrierte, der den Adler kaltblütig abgeschossen hatte, und obwohl Tamara die letzten, schon in meinem Kopf parat liegenden Strophen nun leider verpasste, worin ein Henkerlein dem von Büllchen mit Knüppelchen gefassten Psychopathlein das Todesspritzchen versetzen sollte, fauchte sie mich an, wie ich dem Kind denn solche Sachen vorsingen könne, und mein Einwand, Jana verstehe doch sowieso nicht, was ich da singe, konterte sie mit einem *Was weißt du schon davon?*, und ich musste mich in aller Form entschuldigen und versprechen, nie mehr solche Kinderlieder zu erfinden, wenn ich in Janas Nähe bleiben wollte.

Wollte ich das?

Inzwischen schon irgendwie.

Und das trotz Stress: Ich muss nicht beschreiben, wie

so ein Alltag mit Kind aussieht. Wir arbeiteten rund um die Uhr: Das waren 28-Stunden-Tage. Für beide von uns. So blieben uns minus vier Stunden zum Schlafen. Dazu Großtante Ernas Stillterror. Bei den Begegnungen im Treppenhaus hielt sie uns endlose Monologe über die Wichtigkeit der Muttermilch für die Entwicklung des Immunsystems, des Gehirns und der Sprunggelenke, redete über die zahlreichen Giftstoffe, die in der künstlichen Babymilch enthalten sind, über Babymilch-Skandale, die sie in ihrer Zeit als Hebamme mitbekommen hatte, und solange wir unter ihrem Dach lebten, betonte sie, komme ihr keine künstliche Pre-Nahrung ins Haus. Da Jana aber nicht von der Brust trank, musste Tamara ihre Muttermilch abpumpen und in Fläschchen füllen, mittels Brustmilchpumpe und jenem Brustmilchauffangschälchen, das mir Tante Erna schon einmal gezeigt hatte, ein Schälchen, das dafür sorgte, dass kein Tropfen der kostbaren Flüssigkeit verschüttet wurde. »Lange«, sagte mir Tamara schon bald, »mach ich das mit dem Pumpen nicht mit.«

Das Leben mit Jana hatte trotz alldem auch etwas enorm Beruhigendes. Statt mir dauernd Sorgen zu machen wegen Schreiben, Existenz, Versagen, Scheitern, lebte ich plötzlich eine nie gekannte Konzentration. Ich war zurückgeworfen auf die Grundbedürfnisse des Lebens. *Bauen Wohnen Denken* hieß ein weiterer Vortrag Heideggers, jetzt, dachte ich, könnte ich ein philosophisches Werk schreiben mit dem Titel: *Fressen*

Pennen Kacken. Jana. Jana. Ihr Name war anfangs noch ganz weich, verletzlich, zerbrechlich, man setzte an, *Ja*, und hätte durchaus noch einen anderen Namen nennen können, Jaquinta, Jasmin, aber von Mal zu Mal wurde er fester, der Name, härter, Jana, Jana, er mauerte sich am Kind hoch und wurde irgendwann zum Kind selbst, sodass es keinen Unterschied mehr gab zwischen Namen und Benanntem, und ich wusste gar nicht, ob ich das so toll fand. Jana. Jana.

Wie mein Roman.

Mein linkshemisphärischer Roman!

Ich hatte völlig vergessen, auf Vs Anruf zu warten. Seine Reaktion auf mein *Jana*-Manuskript. Ich hatte einfach keine Zeit zum Warten gehabt. Wie auch, wenn die lebendige Jana mich ständig auf Trab hielt? Ich muss gestehen: In der Hektik um die Wirklichkeits-Jana hatte ich nicht mal Zeit gefunden, meine Roman-Jana überhaupt *zu lesen*. Hatte somit nicht den Hauch einer Ahnung, was auf mich zukam, als irgendwann das Telefon läutete und V sich meldete, mit verschärft rauchiger Stimme.

15

Das ist doch Kacke«, sagte V.

»Was?«, fragte ich.

»Ich sagte: ...«

»Nein, ich meinte, *warum* ist das Kacke?«

»Ist doch typisch für euch. Meistens kommt das ja beim zweiten Skript. Bei dir halt beim dritten. Aber! Kenn ich! Da werdet ihr reihenweise vom Avantgarde-Virus dahingerafft. Und was kommt dabei raus?«

»Was?«

»Ich sagte: *Was kommt dabei raus?* Hörst du schlecht?«

»Nein, ich meinte: Was denn?«

»Wie, was denn?«

»Ja, was kommt denn dabei raus?«

»Das war eine rhetorische Frage«, sagte V.

»Ach so.«

»Kacke«, sagte er jetzt noch einmal. »Experimentalkacke. Das kommt dabei raus.«

Ich schwieg.

»Ihr mit euren Experimenten! Mensch, Martin, schreib doch weiter einfach und geradeaus. Das kannste doch. Das haste ja schon bewiesen.«

»Ich hab meinen Text gar nicht mehr durchgelesen, bevor ich ihn weggeschickt habe.«

»Bitte, wie?«

»Ich hab gedacht, der Text ist nicht das Entscheidende, sondern die Machart. Der *erste linkshemisphärische Roman*! Das wird doch ein Knüller! Das muss doch ein Knüller werden! Das ist doch eine Wahnsinnsidee, V! Das musst du doch zugeben!!«

»Idee: gut. Ergebnis: Kacke.«

»Die laden mich in jede Talkshow ein mit dem Roman! Wenn so'n Schriftsteller eingeladen wird, dann reden die doch nie über das Buch, nie über Sprache, Form, Aufbau und so weiter, sondern immer nur über den Schriftsteller selbst und das, was er erlebt hat. Immer nur über das Leben, nie über Literatur. Also wird man auch mich einladen, V! Ich werde meine Hirnexperiment-Erfahrung zum Besten geben!«

»Ja, aber du musst doch wissen, was du mir geschickt hast!«

»Nein. Nicht ich hab's geschrieben, V, mein Hirn war es. Also eigentlich nur die erregte linke Hälfte.«

»Und dann hast du mir einfach die Datei geschickt?«

»Genau.«

»Ohne vorher überhaupt *reinzugucken*?«

»Genau.«

»Dann weißt du's ja gar nicht.«

»Bitte?«

»Was du mir geschickt hast.«

»Nö.«

»Is ja'n Ding.«

»So schlimm?«

»Ist mir noch nie passiert. Ein Autor, der nicht weiß, was er mir schickt. Auch mal was Neues.«

»Ja, was ist es denn jetzt? Mach's nicht so spannend, V. Worum geht's denn eigentlich in meinem Roman?«

»Roman? Roman ist ein großes Wort.«

»Also, in meinem Buch.«

»Ist fast ein klassischer Amour-fou-Text!«, sagte V irgendwie ironisch.

»Ehrlich?«

»Ja, eine Art Besessenheit des … hehe … Erzählers bezüglich einer Person: Jana.«

»Ist ja toll.«

»Da liegt gleichzeitig das Problem: Man könnte von einer gewissen Monothematik sprechen. Die Beschränkung auf einen einzigen Gegenstand. Im Grunde genommen ist es nur ein einziges Wort.«

»Wie, ein Wort? Was für ein Wort?«

»Das Wort *Jana.*«

»Und sonst nichts?«

»Nein, 169 Seiten nur das eine Wort, hintereinanderweg.«

»Nur Jana?«

»Ja, immer nur Jana, Jana, Jana, sonst nichts!«

»169 Seiten?«

»169 Seiten!«

»Ist ja genial«, sagte ich.

»Das ist Kacke«, sagte V. »Das ist die totale Experimentalkacke. Aber ich bin das gewohnt, Martin. Hast du ne Ahnung, was meine Autoren mir hier so schicken? Einer hat mal nen Text geschickt ohne ein einziges Leerzeichen zwischen den Wörtern. Kannste dir das vorstellen? 476 Seiten lang. Der hat gesagt, das liegt im Wortursprung von *literatura* oder so ähnlich. Man konnte das Ding nicht lesen, keine zwei Seiten lang, danach hätte ich mir eher die Augen ausgestochen, als weiterzulesen.« V schob sich ein Bonbon in den Mund. »Einer hat mir mal nen ganzen Roman, 738 Seiten hat der mir geschickt, ein Roman, bei dem alle Wörter mit V anfingen. Das ging dann ungefähr so: Vier Vögel, Vater, (vibriere, Volkslied!), vier verehrungswürdige Vögel, Vater, (verlange viel!), vier Vorkriegsgenerationsvögel, Vater, vier vordringlich versteckte Vögel, Vater, vier Vögel voll von Vlügeln ...«

»Flügeln?«

»Der hatte es nicht so mit der Rechtschreibung. Jedenfalls ging das so weiter über 738 Seiten! War wohl als Hommage an mich gedacht.«

»Verstehe vollkommen, V.«

»Ich kann solche Arschkriecher nicht ausstehen.«

»Ich meine: Alles klar, V.«

»Ein anderer, dieser Eberhardtner, kennst du den noch? Der hat mir mal, das ist ja schon zwanzig Jahre her, da hat der mir 354 leere Seiten geschickt. Einfach leer. Nichts drauf. War irgend so'n John-Cage-Ding: Wie schön ist die Musik, wie schön erst, wenn sie aufhört. Weißt schon, das Konzert, wo der Pianist sich ans Klavier setzt und gar nichts spielt. Und jetzt also mein Autor: Wie schön ist die Literatur, wie schön erst, wenn sie aufhört. 354 leere Seiten. Und das Ganze hatte sogar einen Titel: *Der Tanz der weißen Buchstaben*. Wenn du willst, hat Eberhardtner gesagt, kann ich den Text noch kürzen. Ich will ihn fragen, ob er noch alle beieinander hat, aber er unterbricht mich, er sagt, so was ist noch nie da gewesen, sagt er, so was ist einfach genial. Ich sage, wenn etwas noch nie da gewesen ist, kann es zwei Gründe haben: Entweder es ist genial. Oder?, fragt der mich. Muss ich das aussprechen?, frag ich zurück. Und er schreit mich an, dass er nicht abrückt von seiner Idee, und wenn ich das nicht drucken werde, dann wird er eben als verkanntes Genie das Zeitliche segnen. Ich schreie zurück, was ich denn da drucken soll bei 354 leeren Seiten! Er sagt, das Cover und das Impressum, und denk doch mal, was du da an Druckkosten sparst! Und dann sagt der, er hätte den Text schon übersetzt, er, persönlich, und zwar ins Italienische, ins Französische und ins Englische, *La danza delle lettere bianche*, *La danse des lettres blanches* und *Dance of the White Letters*, und wenn ich wolle, könne er mir sofort eine mehrsprachige Version zuschicken. Ich hab gerufen, und wie sieht's aus mit der Fassung in Blindenschrift?, und er hat gesagt, Superidee, V, echt ne Superidee, und ich hab ihm gesagt, hör zu, Eberhardtner, hab ich gesagt, wenn du so weitermachst, dann gibt's für dich bald den Tanz der weißen Männer. Verstehst du? Das fand der gar nicht lustig. Er hat aufgelegt. Ich hab nie mehr was von ihm gehört. Legst du jetzt auch auf, mein lieber Martin?«

»Ich? Was? Nein, wie kommst du darauf?«

»Na ja, weil ich dachte, duwidevelagwechs.«

»Quatsch, V.«

»Also dann, ich freu mich auf dein viertes Buch.«

»Geht klar.«

»Schreib schön.«

»Ja, aber ich ...«

»War noch was?«

»Ich find *Jana* gar nicht so schlecht.«

»Wie?«

»Es ist doch eigentlich ein grandioses Bild für den«, ich versuchte zu retten, was nicht zu retten war, »paradoxalen Zustand unserer Zeit, also zunächst das *Ja*, das alles Bejahende, das alles Umschlingende, das die Transzendenz Begrüßende, dann aber aufgehoben, also im Grunde genommen gleich wieder zurückgenommen im *Nein* ...«

»Was für ein Nein?«, fragte er.

»Das *Na*«, sagte ich, »also das bayerische Nein ...«

»Das bayerische Nein?«

»Genau, das alles vernichtende bayerische *Na*, welches in der Endgültigkeit der Wortende-Platzierung noch über sich hinauswächst, gleichsam ein Stalagmit der Literatur, V? V? Bist du noch dran? V? Hallo?? V?????«

Ich entschuldigte mich *um*gehend schriftlich bei V für meine Aufdringlichkeit und dankte ihm gleichzeitig für seine Ehrlichkeit mit einer Schachtel Merci-Schokolade und einer Diddl-Maus-Karte, bei der die Diddl-Maus den Daumen in die Höhe reckt und dem Betrachter sanft zulächelt. Danach hörte ich erst mal nichts mehr von V.

16

Auf Pfeifer war ich mächtig sauer. Was er sich dabei gedacht habe, entfuhr es mir schon an seiner Wohnungstür, als er mir öffnete. Jana, rief ich, Jana, Jana, sonst nichts! Aber mein Zorn verrauchte, als ich erfuhr, dass alles ausschließlich mein Fehler gewesen war. Ich hatte ihm nicht richtig zugehört. Und er wiederholte jetzt noch einmal alles, was er anscheinend schon im vorbereitenden Gespräch gesagt hatte. Der erste Versuch war nur ein Vorexperiment gewesen. Arbeitshypothese: Ein bestimmter Bereich des Gehirns (ich hab vergessen, welcher, ich glaube, irgendwas mit Endlosschleife zwischen Nucleus caudatus und Frontalhirn) wurde gereizt, den die Hirnforscher als mitursächlich für sogenannte krankhafte Zwangshandlungen in Verdacht haben, und mein zwanghaftes Wiederholen ein und desselben Worts nach Reizung der betreffenden Region sei ein ungeheurer Erfolg gewesen. Erst nach diesem Vorexperiment, so Pfeifer, könne man sich höheren Aufgaben widmen, könne man daran denken, einen echten Roman zu schreiben ...

Warum er mich denn nicht daran gehindert hätte, den *Jana*-Roman an V zu schicken?, fragte ich.

»Keine Ahnung, ich hab gedacht, vielleicht steht Ihr

Verleger auf so was.« Und jetzt, fuhr Pfeifer fort, könne man einen Schritt weitergehen.

»Moment mal«, rief ich. »Da hat sich leider was geändert. An meiner, na ja, familiären Situation. Ich weiß nicht, ob ich jetzt noch die Zeit finde ...«

»Was könnte es denn schon Wichtigeres geben, als den ersten linkshemisphärischen Roman der Literaturgeschichte zu schreiben?«

»Ich denke, das geht nicht?«

»Das kriegen wir schon hin!«, rief Pfeifer, in Sorge, mich als Laborratte zu verlieren.

»Also ich würde ja gern, aber ... Jana«, sagte ich.

»Der Roman?«

»Das Leben.«

»Wissen Sie«, sagte Pfeifer, »diese eine Sitzung mit Ihnen! Das waren Erkenntnisse, die haben alle meine Erwartungen übertroffen!« Pfeifer lief in sein Büro, kam mit einer Mappe zurück. »Hier!«, rief er. »Notizen für einen neuen Aufsatz. Für die Zeitschrift *Neuroscience*. Auf Englisch. Habe ich Ihnen zu verdanken! *The Amygdala*, das heißt, also, auf Deutsch: *Die Rolle der Amygdala bei Zwangsstörungen*. Kranich, Sie waren phänomenal. Also als Proband. Unter der Kappe. *Jana*. Natürlich brauchen wir noch Verifikationen. Aber ich konnte einfach nicht warten. Ich musste es sofort dokumentieren. Das ist sensationell, Kranich! Wissen Sie, was passiert ist?« Er holte Luft. »Während Sie *Jana* geschrieben haben, war Ihre Amygdala ohne Pause aktiv. Durchgängig! Verstehen

Sie, was das bedeutet! Das ist eine Revolution! Das wird einschlagen wie eine Bombe.«

»Aha!«, sagte ich. »Wo ist Ihr Mülleimer?«

»Bitte?«

Ich deutete auf den Kaugummi zwischen meinen Zähnen, folgte Pfeifer in die Küche, er trat auf den Trittmülleimer, ich spuckte den Kaugummi hinein, Pfeifer blickte dem Kaugummi hinterher, blickte auf mich, blickte wieder zum Kaugummi, offensichtlich feuerten seine Neuronen, was das Zeug hergab, er ließ den Mülleimer offen, räusperte sich, schaute mich an, mit traurigen Kaninchenaugen, und flüsterte: »Sagen Sie mir bitte, dass das nicht wahr ist. Sagen Sie mir bitte, dass ich mich täusche!«

»Was denn?«

»Sie haben doch nicht etwa, Kranich, haben Sie etwa auch Kaugummi gekaut, als Sie den Text *Jana* geschrieben haben?«

»Was?«

»Unter der Kappe! Kranich! Haben Sie da Kaugummi gekaut? Ja oder nein?«

Ich dachte nach. »Doch. Ja«, sagte ich. »Warum? Durfte ich das nicht?«

Pfeifer legte sich die Hand auf den Schädel überm limbischen System, in dem es gerade zu brodeln schien. Doch er entschied schließlich zu meinen Gunsten, indem er murmelte: »Er konnte es ja nicht wissen. Ich hätte ihn genauer instruieren sollen. Ich hätte ihn beobachten müssen.«

»Was ist denn?«, rief ich.

»Das Areal für die Kaumuskulatur«, seufzte Pfeifer. »Im Hirn liegt es über der Amygdala.«

»Ja, und?«

»Was da geleuchtet hat, während Sie geschrieben haben, das war nicht die Amygdala.«

»Und das bedeutet?«

Statt einer Antwort warf er seine Notizen in den immer noch offenen Mülleimer.

Das war für Wochen mein letzter Besuch bei Pfeifer. Es war so, wie ich geahnt hatte: Ich hatte einfach keine Zeit mehr. Pfeifer beschwor mich, trotz des Kaugummidesasters die Experimente fortzusetzen, aber ich vertröstete ihn auf später, es gehe jetzt nun mal gerade nicht, sagte ich, und zwar aufgrund der »prekären familiären Situation«, wie ich es nannte, hauptsächlich, weil ich das Wort *prekär* so mochte. Ich kam auch nicht dazu, mich an meinem Schreibtisch zu weiteren Schreibversuchen aufzuschwingen. Denn immer wenn ich den Computer hochfuhr, machte mich das Jingle-Klimpern so müde, dass ich vornüber auf die Tastatur kippte und einschlief. Wenn ich aufwachte, stellte ich regelmäßig fest, dass ich mit der Stirn auf der Leertaste gelandet war, was immerhin eine ungeheure Leertextmenge ergab. Ich war in der Lage, in fünf Minuten Schlaf fünfzig Leertextseiten zu schreiben. Ich konnte mich nun viel besser in den Eberhardtner einfühlen. Für seine 354 Leertextseiten, dachte ich, hat er nur eine halbe Stunde gebraucht. Vielleicht, dachte ich, hat er damals ja auch ein Kind bekommen.

Wieso *auch*?, fragte ich mich.

Jana war ja gar nicht mein Kind.

Obwohl, irgendwie fühlte es sich so an.

17

Vier Wochen später, ich saß in einer freien Minute an Janas Bett und bewachte ihren Schlaf, schlich Tamara zu mir, beugte sich über meine Schulter und flüsterte mir meinen Lieblings-Roman-Anfangs-Satz ins Ohr, freilich mit geänderter Betonung: »Ich bin *Nicht*-stiller!«

»Was?«

»Komm mit.«

Wir gingen auf die Galerie. Ich goss mir Kaffee ein, der Tag und Nacht bereitstand.

»Ich pumpe nicht mehr!«, sagte Tamara.

»Bist du wahnsinnig?«, rief ich. »Tante Erna wird dich rausschmeißen!«

»Mir egal. In zwei Wochen flieg ich zurück.«

»Wie, zurück??«

»Nach Kiew.«

Janas Vater hatte sich gemeldet. Eine ukrainische Freundin Tamaras hatte ihm vom Kind erzählt. Telefongespräche waren geführt worden. Worüber man gesprochen hatte, wusste ich nicht. Ich wollte Tamara nicht ausfragen. Jetzt aber schien ihr Entschluss festzustehen.

»Du kannst mich doch nicht hier sitzen lassen!«, rief ich.

»Bitte, wie?«

Und dann klopfte es.

Wir zuckten zusammen.

Wenn es Tante Erna war, musste was passiert sein. Ich öffnete, und tatsächlich, Erna stand da, unterm Arm eine Aktentasche, prall gefüllt, mir schwante nichts Gutes. Wir baten sie hoch auf die Galerie, Jana schlief.

»Ich hab ein Attentat vor!«, sagte Tante Erna.

»Ein was?«, fragte Tamara.

»Ein Attentat!«

»Auf wen?«

»Auf dich!«, sagte sie und deutete zu mir.

Dann öffnete Erna ihre Tasche, holte einen riesigen Stapel Blätter heraus und legte sie mir in den Schoß. Das fühlte sich an wie 999 Seiten.

»Mein gesamtes Wissen!«, sagte Erna. »Gut sechzig Jahre Erfahrung! Eine detaillierte *Kulturgeschichte des Stillens*! Endlich!«

Ich schluckte.

»Ein Standardwerk!«, sagte sie. »Ein Buch, wie es noch nie eins gegeben hat!« Und dann sagte Tante Erna, sie wolle mich bitten, das Manuskript zu verschicken.

»Typoskript«, verbesserte ich. »Manuskript heißt: mit der Hand geschrieben. Typoskript heißt: getippt.«

»Ja, so«, sagte die Tante. »Manuskript, sag ich doch.«

Erst jetzt schob ich das weiße Deckblatt vom Stapel und musste zugeben, dass Tante Erna recht hatte: Es war ein Manuskript im wahrsten Sinne des Wortes, sie hatte das riesige Konvolut tatsächlich mit der Hand geschrieben, und nicht nur das, sondern auch in Sütterlin, oder jedenfalls in einer Schrift, der man anmerkte, dass sie einst Sütterlin gewesen war.

»Manuskript«, flüsterte ich entsetzt.

»Du hast doch Kontakte«, sagte Erna.

»Sütterlin-Manuskript!« sagte ich zu Tamara.

»Mein lieber Martin«, sagte Tante Erna. »Du gehst morgen früh los und kopierst das Manuskript, und dann schickst du es per Einschreiben an deinen Verleger, wie heißt der gleich?«

»Die drucken nur Belletristik, keine Sachbücher.«

»Dann müssen wir es an einen Sachbuchverlag schicken.«

»Nur an *einen*?«

»Natürlich. Was denkst du, wenn jede Frau, die ein Kind kriegt, das Buch kauft, wie hoch wird dann die Auflage sein?«

»Tante Erna«, sagte ich. »Wir können das so nicht abschicken.«

»Warum nicht?«

»Weil das nicht geht.«

Erna schwieg.

»Man müsste es erst mal abtippen«, sagte ich. »Und auch, wenn wir es abgetippt haben, ich weiß wirklich nicht, ob ...«

»Du kennst es doch gar nicht. Wie willst du es beurteilen?«

Sie nahm mir das Manuskript wieder aus der Hand, setzte sich, las genüsslich verschiedene Passagen vor und strahlte. Meine Veröffentlichungszweifel wuchsen ins Unermessliche. Als Tante Erna zur Passage über Stillhöchstzeiten kam, über die ewigen Stillrekorde, über die Tatsache, dass *zwei Jahre* Stillen das absolute Stillzeit*minimum* seien, verdrehte Tamara die Augen, und ich sah es ihr an, sie wollte schon ansetzen, Tante Erna zu beichten, dass sie aufgehört hatte zu pumpen, doch da meldete sich Jana, und nie zuvor war ich erleichterter, ihr *Töterötö* zu hören, als in diesem Augenblick.

Bevor Tante Erna sich verabschiedete, legte sie behutsam ihr Manuskript auf den Tisch mit den Worten: »Morgen hol ich's wieder ab, selbe Zeit, unversehrt bitte.«

Dann ging sie nach unten.

Mit Jana auf dem Arm blickte ich zu Tamara. »Wir müssen's ihr sagen.«

»Ich weiß«, sagte Tamara und sah mich plötzlich lange an. »Du wirst die Kleine vermissen, was?«, fragte sie.

»Schon, irgendwie«, hustete ich.

Jana blinzelte.

»Hast du nen Frosch im Hals?«, fragte Tamara.

»Kann schon mal vorkommen«, sagte ich. »Vor allem bei nem Kranich.«

18

Am nächsten Tag fasste ich einen Entschluss: Es hatte keinen Zweck zu diskutieren, ich tat einfach, was Erna von mir verlangte, auch wenn es völlig sinnlos war. Jedenfalls würde sie auf diese Weise selber die leidvolle Erfahrung einer Absage machen. Ich kopierte den Papierstapel im Copyshop und stellte mir das Gesicht des Verlagsmitarbeiters vor, der mit offenem Mund ein Sütterlin-Manuskript auspackte, schob die Kopie in einen Umschlag, legte eine Karte dazu (»Anbei ein Meisterwerk meiner Großtante Erna Kranich – selbe Adresse – für Ihre Sachbuchecke«), schickte das Buch an einen Publikumsverlag, der in Insiderkreisen dafür bekannt war, unaufgefordert eingesandte Manuskripte direkt zurückzuschicken, un- oder höchstens angelesen, und auf diese Weise, dachte ich, würde meine Tante den Absagebrief schon bald bekommen, was ihr Veröffentlichungsmütchen erst mal kühlen würde.

Am Nachmittag saß Tante Erna wieder bei uns auf der Galerie. Sie hatte ihr Stillkulturgeschichte-Originalmanuskript in die Aktentasche gepackt, nicht ohne sich vorher vergewissert zu haben, dass keine Seite fehlte.

»Wo ist der Beleg?«, fragte sie.

»Traust du mir nicht?«

»An welchen Verlag hast du es geschickt?«

»Hanser.«

»Kenn ich nicht.«

Ich schnaufte.

»Jetzt weißt du auch woher du das hast Martin das Schreiben jetzt weißt du auch von wem du das geerbt hast Martin von deiner Tante hast du das kein Wunder dass du schreibst bei so einer Tante jetzt ist das Geheimnis gelüftet und ...«

»Tante Erna?«, sagte Tamara endlich.

Jetzt kam es.

Ich war gespannt.

Tamara ging behutsam vor. Dass sich die Zeiten geändert hätten, sagte sie. Dass heutzutage eine Frau nicht mehr nur Milchmaschine sei und so weiter. Dass Pre-Nahrung sehr verträglich geworden sei. Dass man zur Entlastung der Mütter sehr viel früher abstillen könne. Dass sie einige Stunden täglich durch das Pumpen verliere, Zeit, in der sie sich sonst um die Kleine kümmern könne. Schließlich warf Tamara mit russischer Symbolkraft eine Packung Milchbildungstee in den Papierkorb und sagte: »Ich pumpe nicht mehr.« Tante Ernas Augen zogen sich zusammen, sie griff sich an den Hals, stand ruckartig auf, sagte zischend, sich nur mühsam beherrschend, das komme nicht in Frage, nicht unter ihrem Dach, nicht, solange sie hier das Sagen habe, darüber wolle sie kein weiteres Wort mehr verlieren, und sie nahm ihre Aktentasche in beide Hände, stapfte erregt auf die Galerietreppe zu, stolperte über ein dort liegendes Lalelu-Tier (Elefäntchen), schrie spitz auf, klammerte sich an die Tasche und stürzte kopfüber die Treppe runter.

Auch wenn ich in dieser Sekunde rein gar nichts dachte, mein Kopf wie leergefegt, so wusste ich doch im Innersten, was es bedeutet, wenn eine Achtzigjährige kopfüber die Treppe runterstürzt: Tante Erna würde zwischen den Treppenstufen den Tod finden. Sie würde genauso sterben, wie sie es sich immer gewünscht hatte: zackig. Sie würde in Niederkrüchten begraben werden. Bei ihren Eltern. Im Familiengrab. Tamara und ich würden bei der Beerdigung dabei sein. Und wenn wir schon mal in Niederkrüchten wären, würde unsere Mutter die Gelegenheit nutzen, auf Tamara einzureden, Jana doch endlich taufen zu lassen, und zwar in Niederkrüchten, weil das praktischer wäre, denn dort hockte die halbe Verwandtschaft und müsste nicht nach Heidelberg gekarrt werden. Meine Mutter würde aus Geiz den Vorschlag machen, Jana parallel zur Beerdigung der Tante taufen zu lassen. Sozusagen in einem Aufwasch. Eine noch nie da gewesene *Beerdigungstaufe*. Pastor Konkelmann würde begeistert sein. Auch theologisch würde das Sinn ergeben. Denn, so würde Konkelmann in seiner Predigt ausführen, man müsse den Tod immer binden ans Leben, ans ewige Leben, an den Neuanfang …

Aber ich hatte nicht mit Ernas Elastizität gerechnet: Sie stürzte die Treppe runter, doch in einer stuntmangleichen Aktion fing sie sich, schlug, ohne ihre Hände zu gebrauchen, eine Art Purzelbaum, indem sie die Aktentasche als Schutz und Abrollvorrichtung über den Kopf hielt, und das sah alles so aus wie in *Mission Impossible IV* (Tom Cruise in einer Tante-Erna-Maske), und dann kam unsere Großtante auf den eigenen Füßen zu stehen. Das alles mit achtzig. Sie schwankte ein bisschen, ihr Atem ging schneller, und sie trat vorsichtig mit dem Fuß auf, als würde der Knöchel schmerzen. Ihre Tasche hielt sie fest vor die Brust gepresst. Sie blickte verwirrt nach oben, um zu rekapitulieren, was geschehen war. Ansonsten schien es ihr gut zu gehen. Tamara und ich sprangen auf und starrten hinunter.

»Alles in Ordnung?«, schrie ich.

Die Tante nickte. Doch dann fiel ihr Blick auf das Lalelu-Tier, über das sie gestolpert war.

»Also so ist das«, zischte Tante Erna mit zusammengezogenen Brauen.

»Wie?«, fragte Tamara. »Was ist wie?«

»Ich verstehe«, sagte Tante Erna. »Nicht mit mir«, sagte sie. »Da habt ihr euch geschnitten.«

»Ja, was denn?«, rief ich. »Was denn?«

»Ich war Kreismeisterin im Bodenturnen!«, rief sie.

»Tante Erna!«

»Da hättet ihr mir schon Gift in den Kaffee kippen müssen.«

Die nächsten zwei Wochen verschanzte sich Tante Erna in ihrer Wohnung, und wenn wir klingelten, kam sie zur Tür, rief »Wer da?«, und wenn wir antworteten »Wir sind's«, rief sie »Verschwindet!« oder »Erbschleicher!« oder »Raffgieriges Pack!« oder »So schnell kriegt ihr mich nicht unter die Erde!« Geschürt von der Wut über Tamaras Abstillgedanken, hatte Großtante Erna etwas missverstanden, was sie nur in ihrer Eigenschaft als *Erb*tante hatte missverstehen können, und wertete unser Lalelu-Tier als astreinen Mordversuch. Ich hätte jetzt alles dafür gegeben, wenn es wieder zu einer Haus-verlassen- oder Haus-betreten-Begegnung gekommen wäre, aber die Tantentür blieb eisern verschlossen. Wie ernst sie es meinte, merkten wir erst, als sie die Tür auch an dem Tag nicht öffnete, an dem Tamara zurück in die Ukraine flog.

Weil ich Abschiede hasse, ging ich auch diesem Abschied aus dem Weg, indem ich früh am Morgen aufstand und zu Pfeifer fuhr, dort klingelte, aber er war nicht da, und ich spazierte am Neckar entlang und schaute immer wieder auf die Uhr. Als die Zeit gekommen war, da Jana und Tamara am Flughafen sein mussten, kehrte ich um, ging ins Haus, stieg die Treppen hoch, öffnete meine Wohnungstür, und alles war ruhig. Ich war allein jetzt. Ohne Tante Erna. Ohne Tamara. Ohne Jana. Und ohne Roman.

Am Abend putzte ich mir die Zähne, mit stierem Blick auf den Gilletterasierer, der zu der Zeit, da ich mit dem

Rasieren begonnen hatte, noch aus simplen zwei Klingen bestand, doch inzwischen waren es, nach den Zwischenschritten *Mach3, Mach3 Turbo* – und als Konter auf Wilkinsons *Quattro* –, bereits fünf Klingen, *Gillette Fusion* nannte sich das, und ich stellte mir vor, wie Jana, mit achtzehn, wenn sie bei ihrem ersten Freund übernachtet, im Badezimmer steht und auf den Gilletterasierer ihres Freundes blickt, der inzwischen aus zehn ineinander verschachtelten Klingen bestünde, *Gillette Top Ten* würde er heißen, der erste Rasierer, der mehr Haare entfernt, als es gibt, der erste Rasierer, der gleichzeitig rasiert und zupft, der *beste Rasierer, den es je gab*, und immer, dachte ich, zu jeder Zeit unseres Lebens, gibt es den besten Rasierer, den es je gab, jedes Waschmittel ist immer das beste Waschmittel, das es je gab, jedes Waschmittel wäscht immer noch weitaus weißer als weiß, viel weißer als das bisherige Weiß, und so weiß werden die Waschmittel in achtzehn Jahren waschen, dass man die Wäsche gar nicht mehr sehen kann.

19

Ich schlief vier Tage am Stück. Also mehr oder weniger. Tamara und Jana waren weg. Die Tante stellte sich tot. Ich hatte nichts zu tun. Da war nur dieser leichte Schmerz in meiner Brust, der vom Alleinsein rührte, aber ich dachte, das geht wieder weg mit der Zeit. Am fünften Tag rief ich Pfeifer an. Meine prekäre familiäre Situation, sagte ich, habe ihren prekären Charakter, um nicht zu sagen ihre Prekarietät, verloren.

Pfeifer jubelte. »Gleich morgen legen wir los!«, rief er.

»Warum nicht heute?«, fragte ich.

»Mensch, Kranich«, sagte er. »Ja! Warum nicht heute?«

Und so fing es an.

Mir war von Anfang an klar, was ich schreiben wollte, eine Satire mit dem Titel *Kinderzimmer*. Es gab genug Stoff, es gab genug Dinge, die mir auf der Seele brannten.

»Sorgen Sie nur dafür, dass die Stimmen aufhören!«, sagte ich zu Pfeifer, als ich in seinem Labor saß.

»Welche Stimmen?«

»Im Kopf! Die Bewertungsstimmen! Die Kontrollstimmen! Die Stimmen, die mich am Schreiben hindern! Wenn es gelingt, die Stimmen auszuschalten, dann kann ich endlich wieder so schreiben, wie ich schon immer schreiben wollte: frei!«

»Bewertungsfunktion?«, sagte Pfeifer. »Schleife zwischen präfrontalem Kortex und limbischem System. Stimmen hemmen? Deaktivierung des auditorischen Kortex ...« Pfeifer redete weiter, Thalamus, Insula, Zingulum, orbitofrontaler Kortex, Gamma-Aminobuttersäure, Dopaminantagonisten, pontogenikulozerebelläre ...

»Pfeifer«, unterbrach ich ihn entnervt. »Stellen Sie endlich das Ding an, sonst seh ich schwarz.«

»Substantia nigra«, murmelte Pfeifer.

Man soll mich also bitte nicht nach Details fragen, man soll mich nicht fragen, wie Pfeifer es schaffte, die Stimmen abzustellen, aber er schaffte es, die Stimmen zu orten und zu töten, und ich schrieb erstmals seit langem wieder ohne jeden Eigen- und Fremdkommentar, ich schrieb einfach so ins Blaue hinein, ohne jedes Konzept, ein Text wie ein Westernheld: einfach drauflosballern. Das war wohltuend. Mein Kopf fühlte sich unter der Kappe an wie frisch gewaschen, von innen sozusagen. Es war ein Zustand, der mir ermöglichte, so zu schreiben, wie es mir gefiel, ohne jede Kritiker-, Leser- und Lektorhemmung, ohne all den eigenen Druck, den man sich auf die Schultern lädt, ohne Erwartungen, ohne Kriterien, ohne Normen, ohne Zensorschere, ohne die ekelhafte Anerkennungsbrille, ohne die endlosen Fragen, ist das auch gut, was ich da schreibe, wird das auch ankommen, werden die Leute es mögen oder lesen, nein, Pfeifer schaffte es, mir das Gefühl zu vermitteln, ich schriebe in einem wertfreien Raum, und das war schon alles.

An diese Zeit denke ich gern zurück: Ich stand morgens auf, frühstückte ausgiebig, fuhr zu Pfeifer ins Labor, setzte die Kappe auf, schrieb bis zum Abend, kehrte heim, aß und legte mich schlafen. Ich ließ mich durch nichts stören. Weder stören noch aus der Ruhe bringen. Auch nicht, als eines Morgens ein Mann bei mir klopfte und sagte, er komme vom WWF.

»Wir haben schon gespendet«, sagte ich, »und wie zum Teufel kommen Sie ins Haus?«

»Es gehört uns«, sagte er.

»Wie, uns?«

»Haben Sie den Brief nicht bekommen?«

Ich war seit Wochen nicht mehr am Briefkasten gewesen.

Der Mann erklärte mir alles, während er die Wohnung mit einem Zollstock auszumessen begann. Mir musste irgendwann einer der abgefangenen WWF-Briefe neben die Mülltonne gefallen sein. Erbtante Erna musste ihn gefunden haben und so erschüttert gewesen sein, dass sie gespendet hatte. Und zwar sehr viel. Jemand vom WWF hatte sich angeboten, sie zu besuchen. Er hatte ihr beim Kaffeetrinken klargemacht, dass die meisten Tiere, die der WWF zu retten versuchte, Säugetiere waren. Das Wort Säugetier stammte aber vom

Wort *säugen* ab, was nichts anderes bedeutete als *stillen*. Nach unserem angeblichen Mordversuch hatte Tante Erna auf der Stelle ihr Haus, unser gesamtes Erbe, dem WWF überschrieben. Erna, so schloss der WWF-Mann, habe nur zwei Bedingungen gestellt: ein lebenslanges Wohnrecht in ihrer eigenen Wohnung.

»Und zweitens?«, fragte ich.

»Zweitens will sie täglich von einem WWF-Mitarbeiter besucht und zwei Stunden lang über den allerneusten Stand der weltweiten WWF-Bemühungen unterrichtet werden.«

»Sie wissen schon, *wer* in den zwei Stunden reden wird?«, fragte ich.

»Ich kann es mir denken«, seufzte der WWF-Mann. »Aber«, fügte er hinzu, »so ein Angebot kann man nicht abschlagen.«

Der WWF plante nun, die Dachgeschosswohnung zu einem Büro umzubauen. Man hätte mich gleich vor die Tür setzen können, so ohne Mietvertrag, aber in dem freundlichen Brief, der in meinem Briefkasten vergammelte, war mir eine Frist von fünf Wochen gewährt worden.

»Also wie lange noch?«, fragte ich.

»Eine Woche«, sagte der Mann.

All das störte mich nicht weiter in meinem Schreibrausch. Eine Woche, dachte ich, das reicht. Dann bin ich fertig. Ich schrieb bei Pfeifer wie verrückt, irgendwie war ja auch etwas ver-rückt, in meinem Kopf, unter der

Kappe. Das Buch hieß zwar *Kinderzimmer*, aber wenn ich ehrlich war: Bislang hatte ich noch gar nichts über Jana geschrieben. Doch da ich nicht nachdachte, sondern einfach nur schrieb, kümmerte es mich nicht. Alles lief wie am Schnürchen. Ich schrieb, glücklich und zufrieden, die nächsten sechs Tage lang. Geistesblitze schlugen mir ins Hirn. Und das Beste war: Ich konnte nichts dafür. Es geschah einfach. Nicht ich schrieb, sondern mein halbes Hirn.

Ich kam zum Ende. Am letzten Tag geschah etwas Unvorhergesehenes. Vielleicht lag es daran, dass ich mich an die Kappe gewöhnt hatte. Dass sie schon fast Teil meines Kopfs geworden war. Vielleicht lag es auch daran, dass gegen Ende eines Texts eine gewisse Erregung aufflammt, eine Nervosität, eine Vorfreude und Vor*trauer* auf den Abschluss. Jedenfalls, was soll ich sagen: Mir verrutschte die Kappe. Wir merkten es erst, als es zu spät war. Irgendwie musste ich mich, als Pfeifer kurz auf der Toilette war, gekratzt haben, am Schädel. Mein Buch verlor den Charakter des Satirischen. Es kippte ins Essayistische. Meine Gedanken standen mehr oder minder zusammenhanglos nebeneinander. Zusammenhanglose Assoziationen: Das war toll! Ich versuchte, dieser Tatsache Rechnung zu tragen, indem ich dem Text am Schluss einen Untertitel verlieh: *»Kinderzimmer. Zusammenhanglose Assoziationen.«* Ich schrieb also plötzlich ein paar Aphorismen: »Die Wahrheit ist immer das, was man glaubt.« Oder: »Die Sonne scheint ständig, auch wenn sie nicht zu scheinen scheint.« Oder: »Es ist immer einfacher, sich über alles lustig zu machen, als einen eigenen Standpunkt zu beziehen.« Dann legte ich los: »Dieses aus der Hauptsäule Angst erwachsene Sicherheitsdenken!« (Wie kam ich darauf?) »Dieses verteufelte, krampfhafte Alles-im-Griff-haben-Denken, sogar sein Leben hat man versichert! Es gibt keine Lebensversicherung! Es gibt nur Lebensver*un*sicherung! Wenn Literatur überhaupt einen Sinn hat, dann den, die Leser zu verunsichern!« Pause. Sprung. »Ist doch völlig absurd: Warum schlenkern die Menschen beim Gehen immer so mit den Armen?« Pause. Sprung. »Zwischen gelobt und geliebt liegen nur zwei mickrige Vokale.« Pause. Sprung. »Man muss den Kindern jegliche Form der Anerkennung entziehen. Von Anfang an. Man muss eine Erziehungsform finden, die ohne Anerkennung funktioniert.« Pause. Sprung. »Was gibt's Hässlicheres als Schrebergärten in Bahnhofsnähe?« Pause. Sprung zurück. »Man kann nichts dagegen tun. Es ist in einem drin. Das kriegt man nie wieder raus. Das hat man mit der Muttermilch eingesogen. Es gehört zu uns wie das Atmen und der Stoffwechsel. Es ist unser Antrieb und unsere Zerstörung, es ist das, was wir wollen, und das, was wir nicht wollen, es ist das, was wir erkämpfen, und das, wogegen wir kämpfen: eine tiefe Sehnsucht nach bedingungsloser Liebe – verkommen zu krankhafter Anerkennungssucht. Genau das ist unser niemals endendes großes Lebensparadoxon.« Pause.

Sprung. »Wenn einem eine Zigarette zu lang ist, könnte man sie in der Mitte durchschneiden.« Pause. Sprung zurück. »Und wir denken, wenn wir endlich erwachsen sind, wird das aufhören. Wir denken, wenn wir älter werden, wird das Leben freier sein, leichter. Wir denken, wir werden von Tag zu Tag unabhängiger, aber wir täuschen uns. Je älter wir werden, umso schlimmer wird die Abhängigkeit. Je älter wir werden, umso hartnäckiger die Anerkennungssucht. Überhaupt: erwachsen! Was ist das für ein Wort! Erwachsene sind nur Kinder, die so tun, als seien sie keine mehr.« Pause. Sprung. »*Gelobt, gelobt wollen wir werden.* Hugo von Hofmannsthal.«

Ich drückte ein letztes Mal auf Speichern.

»Ein Meisterwerk!«, jubelte Pfeifer.

»Darf ich es lesen?«, fragte ich.

»Natürlich.«

»Hier?«

»Wie Sie wollen, Herr Kranich.«

Ich las das Skript und musste zugeben: Pfeifer hatte recht.

»Das hätte ich nie geschafft ohne Ihre Hilfe!«, sagte ich.

»Ach was!«

»Das werd ich Ihnen nie vergessen!«

»Aber Herr Kranich, *Sie* sind doch der Literat.«

Literat, dachte ich, oder Literatte? Doch ich wischte den Gedanken weg, schickte das *Kinderzimmer* per E-Mail an V und ging nach Hause.

Nach Hause?

Nein, ins Erbtantenhaus, das heißt, ins *Ent*erbtantenhaus, also ins künftige WWF-Büro, denn statt eines erschöpften Kranichs würde sich jetzt der Graue Kranich dort einnisten.

Ich fing mit dem Warten an.

Warten auf Vs Anruf.

Zugegeben: Das kannte und konnte ich inzwischen ganz gut.

20

Ich biss mir die Fingernagelränder ab und spuckte sie aus dem Fenster. Ich wusste: Entweder V meldet sich *um*gehend oder um*gehend*. Wenn das Telefon heute noch läutet, dachte ich, ist das ein gutes Zeichen. Wenn nicht, habe ich ein Problem. Während des Wartens schrieb ich Tante Erna einen Brief, in dem ich ein letztes Mal versuchte, das Mordversuch-Missverständnis aufzudecken. Ich bedankte mich für alles und wünschte ihr ein langes Leben. Ich legte den Brief gut sichtbar in den Flur. Ich packte meine Habseligkeiten zusammen und schleppte Möbel und Kartons auf den Speicher. Um dabei den Anruf nicht zu verpassen, hatte ich mir vorher das schnurlose Telefon mit einer Kordel um den Hals gebunden. Setzte mich dann in die kahle Wohnung. Allein. Alles war leer. Ich meditierte. Ich schaute zur Uhr: neun. Ich schaute zur Uhr: halb zehn. Ich schaute zur Uhr: zehn. Ich schaute zur Uhr: halb elf. Ich schaute zur Uhr: elf. Ich schaute zur Uhr: Viertel nach elf. Schon am Morgen würde der WWF-Trupp hier auftauchen. Schon am Morgen würde V mich hier nicht mehr erreichen. Schon am Morgen wäre ich irgendwo. Meine letzte Nacht im Erbtantenhaus. In einen Rucksack hatte ich die allernötigsten Klamotten gesteckt, dazu meinen Pass und, als Erinnerung, das Papst-Quartett.

Um halb zwölf läutete es.

Ich sprang auf, nahm den Hörer vom Hals, meldete mich, und als ich Vs Stimme vernahm, fiel ich auf die Knie.

»Mensch, Martin!«, rief er.

»V!«, krächzte ich.

»Eindollesding!«, sagte er.

»Was?«

»Dein Buch da, ein dolles Ding!«

»Ehrlich?«

»Wahnsinn! Ich hab ja gar nicht mehr aufhören können zu lesen. Ein dolles Ding ist das. Das zieht einen rein, da lässt man alles andere liegen, da ist eine Wucht dahinter, was soll ich sagen?«

»Ich weiß nicht.«

»Ein dolles Ding!«

»Toll. Toll.«

»Das ist *so* gut, dass man gar nicht sagen kann, *wie* gut es ist. Das ist ja fast schon *viel zu gut*!«

»Wie? Viel zu gut?«

»Für den Betrieb! Für die Banausen! Für die Rezensenten! Das ist eine glatte Überforderung der Rezensenten-Lesegewohnheiten! Das haut rein wie ein Dampfhammer!«

»Echt?«

»Martin, du hast dich selbst übertroffen. Sprachlich, also wenn *Schulgeschichten* schon siebenundneunzig war …«

»... ich glaub, hundert, sagtest du ...«

»... oder hundert, dann ist das hier tausend!«

»Tausend?«

»Zweitausend!«

»Zweitausend?«

»Das sprengt jeden Rahmen.«

»Ehrlich?«

»Das ist ja noch nie da gewesen! Was völlig Neues.«

»Ach was!«, sagte ich. »Das hab ich mit links geschrieben.«

»Wahnsinn!«, rief V.

»Das heißt, eigentlich mit rechts, also mit der rechten Seite, denn die linke Hälfte war ja blockiert, glaub ich jedenfalls, oder war es umgekehrt, ich weiß nicht mehr, ist auch egal, ich werd noch mal nachfragen.«

»Mensch, dann stell dir vor, was da rauskommt, wenn du erst *beide Hälften* benutzt!«

»Bitte?«

»Du bist ja wie ein Fußballer, der nur mit einem Bein über den Platz hüpft. Und trotzdem besser als Zinédine Zidane zu seinen besten Zeiten!«

»Ja, weiter, weiter«, rief ich. »Was genau findest du denn so gut an dem Roman?«

»Mhm.«

»Also alles?«

»Mhm.«

»Wahnsinn. Auf so einen Anruf hab ich ...«

»Ein dolles Ding!«, rief V.

»Toll. Toll!«

»Da ist nur eine Sache…«, sagte er plötzlich, seine Stimme etwas leiser.

»Ja?«

»Eine Kleinigkeit.«

»Was denn?«

»Nicht der Rede wert.«

»Ich höre.«

»Der Titel.«

»Was ist damit?«

»Martin, stell dir mal vor: Da geht jemand in den Buchladen, er hat jede Menge Kinder und kauft das Buch *Kinderzimmer*. Und liest es. Und liest und liest und liest bis zur Seite zwanzig, bis zur Seite fünfzig, bis zur Seite achtzig, bis zur Seite hundert, und dann fragt der sich, ja, was les ich da eigentlich? Was hab ich denn da gekauft? Verstehst du, Martin?«

»Nein.«

»Der sagt: Ich hab ein Buch gekauft, das *Kinderzimmer* heißt, und bis jetzt ist noch überhaupt kein Kind vorgekommen.«

»Hm.«

»Das ist doch eine Leserverarschung erster Güte. Der ist stinksauer. Da kauf ich mir *ein Mal* ein Buch mit dem Titel *Kinderzimmer*, denkt er, und kein Kind weit und breit. Geschweige denn ein Kinder*zimmer*. Nichts.«

»Du meinst also, man sollte den Titel ändern?«

»Das wäre der eine Weg.«

»Und der andere?«

»Der andere ist der, na ja, wie soll ich sagen, der Königsweg, das ist der Weg, der jetzt erst losgeht.«

»Wie meinst du das?«

»Sei doch mal ehrlich, Martin. Horch mal in dich hinein! Dein Buch hat doch noch gar nicht angefangen. Jetzt bist du erst so richtig unter Strom. Man merkt, wie es dir unter den Nägeln brennt.«

»Welche Nägel?«

»Man merkt, da muss was raus! Da muss was aufs Papier! Junge, jetzt setz dich sofort hin und schreib los. *Kinderzimmer*. Das wird ein Knüller, sag ich dir.«

»Ja, aber ich bin doch schon fertig!«

»Nein, das hier ist eine Vorlage, eine Unterlage, ein Anschub, ein Vorläufer, wie ich ihn besser nie gelesen habe, quasi der Geburtshelfer, die Hebamme des eigentlichen Romans. Später, im Nachlass, wenn man das veröffentlichen wird, das wird, wie ein Erdbeben wird das die literarische Welt durcheinanderrütteln.«

»Das heißt?«

»Die Welt ist noch nicht bereit für diesen Text.«

»Also im Augenblick ...«

»... konzentrierst du dich ganz aufs *Kinderzimmer*, ganz auf alles, was rund ums Kind kreist, lass dich tragen von der Genialität des ersten Wurfs und schreib den eigentlichen Roman. Und den, mein Lieber, werden wir dann drucken.«

»Ja, mhm, aber, das heißt also, ich lass diesen Essay

drin, der ums Kinderthema kreist? Das mit der Anerkennung?«

»Na ja, das sind so die einzigen Stellen, die mir nicht so *richtig* gut gefallen haben, da hast du etwas von deinem Tempo verloren, ein bisschen Schwung. Da wirst du auch so ernst. Weißt du. Das passt gar nicht zu dir. Fang noch mal von vorne an, am besten mit der Schwangerschaft, ganz chronologisch, dann die Geburt, alles schön der Reihe nach.«

»Ja, aber bei der Geburt war ich gar nicht dabei.«

»Das schaffste schon. Danach dann Windelnwechseln, Füttern, Stillen, Schlaflosigkeit, der ganze Kladderadatsch.«

»Jana und Tamara sind gar nicht mehr...«

»Grüß sie von mir!«

»Danke.«

»Jetzt setz dich auf deinen Dichterarsch und schreib, du Sau!«

V legte auf.

Also den Hörer.

Ich war wie elektrisiert.

Eine Weile nichts.

Ich musste mit jemandem reden.

Dringend.

Wählte Pascals Nummer.

Nur der AB.

Wählte Mutters Nummer.

Niemand da.

Wählte Pfeifers Nummer.

»Pfeifer?«

»Herr Pfeifer«, sagte ich. »V hat angerufen!«

»Wissen Sie, wie spät es ist?«

»Ich hab gerade mit ihm telefoniert!«

»Und? Was hat er gesagt?«

»Restlos begeistert ist er«, sagte ich, »restlos begeistert.«

»Toll«, sagte Pfeifer. »Also druckt er's?«

»Na ja, hm, irgendwie schon, also nicht direkt«, sagte ich.

»Sondern?«

»Er druckt das nächste Buch.«

»Das haben Sie doch noch gar nicht geschrieben!«

»Na ja, aber er sieht das Potential.«

»Und was passiert mit dem *Kinderzimmer*?«

»Das soll später, also, im Nachlass, er meint, das sei eine, na ja, für wenn ich mal tot bin, ein Erdbeben, also, ein literarisches, eine Vorlage, sagt er, eine Hebamme ...«

»Das heißt, er hat es abgelehnt?«

Ich schluckte.

»Mensch, Pfeifer«, flüsterte ich nach einer Weile des Schweigens, »seien Sie doch nicht immer so prosaisch.«

Epilog

Am nächsten Morgen wurde ich von einem brummenden Geräusch geweckt, ich sah aus dem Fenster, und dort, auf der Straße, parkte ein WWF-LKW, jede Menge aufgemalte Tiere schlichen und hangelten sich über die Plane, ich warf mir ein bisschen Wasser ins Gesicht, zog mich an, schnappte mir den Rucksack, eilte die Treppe hinunter, die Haustür stand offen, Tante Erna ließ sich nicht blicken, und als ich bei ihr klopfen wollte, sah ich, dass sie von außen einen Brief an ihre Wohnungstür gepappt hatte (»Verehrte, geschätzte Frau Kranich, mit größter Begeisterung habe ich als Sachbuchlektor und Sütterlin-Experte des Hanser-Verlags Ihr Manuskript gelesen, eine grandiose, längst überfällige, eine wahrhaft meisterliche Kulturgeschichte des Stillens! Die Idee: einfach und genial. Das Wissen: profund und menschlich. Die Erzählweise: wissenschaftlich und volksnah. Die Zielgruppe: weiblich und mit viel Lesezeit gesegnet. Kurz: ein Bestseller in spe!«), ich klopfte nicht, warf den Wohnungsschlüssel in Tante Ernas Briefkasten, lief zur Volksbank an der Ecke, ließ mir zweitausend Euro auszahlen, was der Höhe meines Dispos entspricht, der zu besseren Zeiten festgelegt worden war, winkte einem Taxifahrer, ließ mich zum

Bahnhof fahren, stieg in den Zug nach Frankfurt, saß keine Sekunde still, wanderte den Gang auf und ab, stellte mir das Schaufenster der Thalia-Buchhandlung vor, vollgepackt mit Erna Kranichs *Kulturgeschichte des Stillens*, erreichte den Flughafen, rannte zum Schalter und sagte: »Ich will weg hier.«

»Wohin?«, fragte die Schalterfrau.

»Keine Ahnung«, sagte ich.

»Also Sie müssen schon wissen, wo Sie hinwollen!«

Ich schwieg eine Weile und dachte nach.

»Muss ich das?«, fragte ich schließlich.

Sie nickte etwas verunsichert.

Dann sagte ich: »Von mir aus nach Bali.«

Sie tippte eine Weile auf ihrem Computer herum, sah mich an und sagte: »2 400 Euro.«

»Ich meinte nicht erste Klasse«, sagte ich.

Sie verzog nur kurz die Mundwinkel.

»Haben Sie nichts Billigeres?«, fragte ich. »So für unter fünfhundert?«

Sie tippte wieder.

»Superlastminute«, sagte sie. »Stand-by. Da gibt's jede Menge.«

»Was denn zum Beispiel?«

»Fuerteventura.«

»Hm.«

»Oder Ägypten.«

»Hm.«

»Oder Tunesien.«

»Hm.«

»Oder Marokko.«

»Hm.«

»Oder Malta.«

»Hm.«

»Oder Sardinien.«

»Hm.«

»Oder Stockholm.«

»Hm.«

»Oder Prag.«

»Hm.«

»Oder Sankt Petersburg.«

»Hm. Hm.«

»Oder Moskau.«

»Hm. Hm. Hm.«

»Oder Kiew.«

»Kiew?«

»Ja, Kiew.«

»Mensch, ist das ein Zufall«, sagte ich.

Sie blickte auf.

»Ein Zeichen!«, rief ich.

»Wie?«

»Dass Sie zufällig auf Kiew kommen. Ausgerechnet Kiew!«

»Hm«, sagte sie.

»Den nehm ich«, sagte ich.

»Macht 279 Euro. Der Flug geht in vier Stunden. Gute Reise.«

Irgendwie ging es mir besser jetzt. Da war etwas Leichtes, etwas Heiteres in meine Brust zurückgekehrt. Etwas Unbeschwertes. In meinem Magen drängte sich ein Gluckern in den Vordergrund. Aufgeregtes, freudiges Gluckern. In der Halle saß eine Frau neben mir, Ende zwanzig vielleicht, sie schien zu lächeln, und im Überschwang der Gefühle packte ich meine Spielkarten aus, beugte mich zu ihr rüber und sagte: »Na? Lust auf ne Partie Papst-Quartett?« Dass sie aufstand und sich einen neuen Platz suchte, tat meiner guten Stimmung keinen Abbruch. Ich packte die Papst-Quartett-Karten zurück ins Papst-Quartett-Schächtelchen – und du musst mir glauben, V, auch ich hätte nie gedacht, dass ein Buch mit so einem Satz enden könnte.

btb

Markus Orths

Fluchtversuche

Erzählungen. 176 Seiten
ISBN 978-3-442-73799-4

In Markus Orths' Erzählungen geht es um verrückte Fluchtversuche, um gewagte Auf- und Ausbrüche. Es geht um unser Leben, das wir so oft aufschieben. Oder um die Chance, es endlich am Schopf zu packen, auch wenn man nie weiß, was geschehen wird. Genau wie in diesen Geschichten: Jede von ihnen birgt eine Überraschung.

»Markus Orths' Erzählungen sind verspielt, witzig, intelligent, klug und spielerisch. Sie sind spannend, voller Leben, voller Kuriositäten und Aberwitz, glasklar und doch unheimlich.«

Deutschlandfunk